CW00487352

Massimo Icolaro

I BEPI DELLA CAPANNA

A mio padre e mia madre.

Terza edizione

Ogni riferimento a persone o fatti esistiti o esistenti è puramente casuale, quanto raccontato è frutto della libera fantasia dell'autore.

INDICE

Prefazione

Noi bambini nati e cresciuti nelle campagne intorno Latina, eravamo inconsciamente permeati dal pionierismo degli anziani.

Lo avvertivamo quando i vecchietti di allora, inforcando la bicicletta, con indosso il vestito buono dicevano, senza che nessuno glielo chiedesse "'ndemo a Littoria a pagare 'e tasse", e non riuscivamo a capire perché costoro chiamassero la città Pontina in quello strano modo, tant'è che immaginavo fosse il modo di chiamare Latina in dialetto veneto.

Ed era usuale nell'interloquire che cento Lire diventassero "sento franchi" e mi chiedevo divertito, se improvvisamente, a mia insaputa, non eravamo stati inglobati in Francia o in Svizzera.

Percepivamo una indescrivibile sensazione di privilegio, quando nei campi vedevamo le ultime "mietilega",negli anni sessanta e la trebbiatura del grano o del mais veniva fatta ancora nelle aie polverose, con le lunghe cinghie di cuoio attaccate tra la trebbia e i Landini "a testa calda"dal battito assordante, tra l'allegria degli astanti che, nelle pause, vuotavano le brocche di vino giallognolo oppure nerastro entrambi dal retrogusto d'aceto.

Allora era ancora viva e reale la discriminazione posta in essere dai coloni, fatti venire in quella terra da un regime ormai consegnato alla storia, quei contadini erano venuti dal nord, ma da una povertà abissale,(il Veneto e il Friuli fino agli anni 70 dello scorso secolo erano conosciuti come "meridione del Nord").

Gli assegnatari dei poderi chiamavano"marocchini" sia gli autoctoni, che i nuovi venuti dalla Campania, o dal Sud in generale, ritenendoli, in un certo qual modo, di rango inferiore, venivano così trattati come una sorta di "Paria".

Negli anni 50 dello scorso secolo il pionierismo Pontino, apparentemente sopito era in pieno svolgimento, (Latina si decuplicò nel giro un quarto di secolo), una famiglia di immigrati è immersa nelle difficoltà.

Troviamo in antitesi due famiglie, provenienti dallo stesso paese, una era stata raggirata dall'altra fino a rimanere senza mezzi di sostentamento.

A tratti si avverte, palpabile, la volontà di alcuni, che vorrebbero condizionare, o addirittura sovvertire il corso degli avvenimenti, in favore di "clan" familiari generalmente guidati da un "padre padrone" ma anche da una "madre padrona"(o matrona forse).

Episodi che avrebbero potuto avere un'alta probabilità di accadere, nel Far West delle campagne di Latina del dopoguerra, dove, se non provenivi dalle regioni autoproclamatesi "nobili" del Nord Italia, per farti a malapena accettare, dovevi almeno parlare il dialetto veneto.

Tutti lo parlavano dai discendenti dei campani, ai figli dei marchigiani, anche i meno giovani "non veneti" pronunciavano qualche frase in questo dialetto, salvo venir poi dileggiati per l'accento "strano" ...

Prologo

Nel 1932 venne inaugurata una delle città del "regime" , Littoria.

Inizialmente, la costruzione della nuova città venne osteggiata dal Duce, forse per rivalità con Valentino Orsolini Cencelli, il Commissario dell'Opera Nazionale Combattenti , infatti la posa della prima pietra avvenne la prima volta il 30 giugno ad opera di Cencelli.

La bonifica delle "Pontine Marshes" ebbe ampia eco su tutti i giornali esteri, e Mussolini costretto dai media di allora, fece propria l'idea del Commissario, per la forte valenza propagandistica, l'inaugurazione del Duce avvenne dopo 6 mesi il 18 dicembre del 1932.

Nel dopoguerra, i nipoti e pronipoti dei contadini venuti dal Nord, nell'immaginario collettivo, vollero attribuire il merito del lavoro di bonifica esclusivamente a quei coloni Veneti, Friulani, o della provincia di Ferrara, generalmente appartenenti a famiglie numerose, una scelta fatta dal governo, per avere più braccia possibili per la famosa "battaglia del grano" di autarchica memoria .

In realtà molte centinaia di abitanti dei paesi dei monti Lepini, ma anche Abruzzesi, Marchigiani, e gente di alcune zone della Ciociaria erano morti di malaria, nel tentativo di bonificare quella terra.

Infatti negli anni 20 dello scorso secolo, coloro che risiedevano nelle paludi pontine, erano poco più di 1600 persone, l'80% durante la stagione calda si ammalavano di malaria dopo avervi trascorso solo una notte, se non assumevano, preventivamente, chinino.

L'opera di bonifica era iniziata centinaia di anni prima sotto i papi, per essere, poi, conclusa non solo per la volontà del governo, ma essenzialmente per l’avanzamento della tecnologia che aveva creato le pompe centrifughe azionate dall’elettricità .

Negli anni ’20 altre innovazioni. come le draghe ed idrovore, riuscirono a creare la rete di canali in tempi relativamente brevi ed a prosciugare le cosiddette piscine, scavate dai bufali per refrigerio, , inoltre venne livellato il terreno con l'ausilio dei cariolanti che seguivano fedelmente i suggerimenti di geometri ed agrimensori, .

Il DDT misto a petrolio lampante, usato in grande quantità sulle acque stagnanti, riuscì ad uccidere le larve dell’anofele, serbatoio del plasmodio della malaria.

La quasi totalità dei veneti, friulani e romagnoli erano venuti a prendere possesso del territorio già appoderato, consegnato “chiavi in mano” e “avevano trovato addirittura i fiammiferi per accendere il camino”.

In ogni podere stalle complete di bestiame e tutta l’attrezzatura per poter coltivare il terreno.

Le terre, assegnate ai coloni, erano gestite dall’Opera Nazionale Combattenti, e, per dare enfasi a tutto ciò, su ogni podere la scritta a rilievo, a grossi caratteri O.N.C., quasi a sottolineare che quei terreni dovessero per sempre rimanere proprietà di quest’organismo statale, e sicuramente era questa l’intenzione di Mussolini.

Dopo la parentesi bellica, nell'immediato dopoguerra, vennero nuovi pionieri da Campania, Puglia, Calabria e tra di loro vi fu un'ondata di un centinaio di emigrati, provenienti dal Beneventano, in specie dalla Valle Caudina, che acquistarono alcuni frazionamenti (chiamati “scorpori”) nelle immediate vicinanze di Latina.

I poderi vennero così smembrati, gli agricoltori a cui

erano stati assegnati i terreni negli anni 30 dal regime di Mussolini, si fecero versare una “buonuscita” dai nuovi arrivati

Gli acquirenti, poi, dovevano completare il pagamento dello “scorporo” all’ex O.N.C., il prezzo si aggirava intorno alle 100 mila lire per ettaro, (non era poco, ci si poteva comprare un appartamento) e doveva essere pagato nel giro di qualche anno.

C’era un sottobosco di mediatori, ma anche di avvocati, imbeccati e coadiuvati a dovere da impiegati e dirigenti statali che pilotavano l’affare, agendo in maniera truffaldina erano in combutta con alcuni coloni con i quali dividevano avidamente le mediazioni sborsate dai compratori, così il costo, compreso la negoziazione dell’appezzamento, lievitava fino al doppio.

Per i contadini, insediati dal Regime nel ’32, che volevano divenire proprietari il costo era generalmente di un quarto e il tempo per pagarlo era di paio di decenni superiore.

Capitolo 1°

Ottobre 1950: Gianni, 17 anni, magro, dinoccolato, con spalle larghe ed ossute, capelli lisci, neri, alto oltre 1,85 quindi imponente per l'epoca e, anche per questo, dalla snellezza molto evidente, osservava con attenzione che a poca distanza dalla sua casa c'erano degli sconosciuti che stavano lavorando.

Mani ai fianchi, si avvicinò al luogo che era stato catturato dalla sua attenzione con un certa curiosità, mista a timore .

Notò che su quell'appezzamento di terreno a non più di cento metri dal confine del suo podere c'era un gruppo di tre persone, no, anzi quattro.

Il più vecchio si voltò fissandolo per un attimo, baffoni bianchi, molto stempiato, aveva sicuramente più di 75 anni, accanto un giovane di circa venticinque anni molto scuro di carnagione con baffetti sottili e mascagna, altezza intorno a 1 metro e settanta.

Il volto scuro, affilato e segaligno del giovane, con naso leggermente aquilino, mandibole quadrate, occhi sottili, a fessura, pareva orientaleggiante, un viso tra il curdo e il siculo, vaga la somiglianza con l'attore Lee Van Cleef.

Poi una donna all'incirca della stessa età , dai lineamenti molto fini, e, a differenza del suo coetaneo, di carnagione eburnea, capelli castani con riflessi ramati, gli occhi di un azzurro chiarissimo, quasi grigi, ed infine, Gianni scorse, un bimbo di circa due anni dai ricci capelli biondi.

Si chiese cosa stessero facendo in quel terreno molle, dove si sprofondava, la curiosità lo fece avvicinare ulteriormente a quelle persone indaffarate in qualcosa che lui non riusciva ancora ad intuire.

Allora notò dei buchi in terra ,una catasta di pali robusti e dei fasci di cannucce di lago , in quel momento li sentì parlare e pensò:

"I xè Marocchini".

Con questo appellativo il ragazzo, non si riferiva alla nazionalità, ma piuttosto che fossero meridionali, come era nell'uso, da parte dei coloni, chiamare la gente dei circostanti monti Lepini o chi proveniva dalle regioni poste a sud nello Stivale.

Ad alta voce, come per darsi coraggio, cercando di parlare l'Italiano che gli avevano insegnato alle elementari ma gli uscì, inconsapevolmente, una marcata inflessione veneta :

"Che state facendo ?"

La frase fu addolcita da una venatura gentile, come per paura di una risposta troppo brusca.

"Che vuole quest'impiccione"

pensò il giovane con i baffetti, rabbuiandosi un pochino, malvolentieri, ma cortesemente rispose, con spiccato accento napoletano, che stavano costruendo quella capanna non avendo dove alloggiare, erano stati cacciati via da un'abitazione che li aveva ospitati fino ad allora.

"Davanti al notaio mi avevano promesso che potevo stare in una parte del loro casale, finché non mi fossi costruito la casa"

Raccontò che il proprietario si era rimangiato la parola data, poi, stufi di subire angherie e sotterfugi se ne erano andati,

A quel punto una sequela di maledizioni vennero rivolte nei confronti della persona ritenuta responsabile della loro situazione .

Terenzio, proprietario dello scorporo confinante, aveva acquistato a pari prezzo della quota di Antonio, però, si era accaparrato, con la complicità dell'ex colono, di un paio di avvocati e del notaio, della casa di due piani e dei locali annessi come la stalla, il forno e un altro paio di piccoli magazzini, a pochi metri dalla strada che collegava Terracina con Roma, chiamata all'epoca Strada Lunga.

L'espressione del ragazzo si fece abbastanza divertita, dovette trattenersi dall'impellente risata, per lo "strano dialetto" e per la poca solidità della capanna con le pareti ed il tetto costituite essenzialmente da "Phragmites Australis", le cannucce di lago.

Le fiancate e la copertura erano abbastanza fragili, le capanne, chiamate localmente "lestre", in quella zona erano state usate come abitazioni provvisorie da carbonai, pastori e guitti, non in quel periodo , bensì fino ad una trentina di anni addietro, prima della completa bonifica di quel territorio, in precedenza malsano .

Dopo circa 4 ore di duro lavoro Antonio, il giovane con i baffi, aveva inserito i pali nel terreno, reso inconsistente dalle piogge, completato il perimetro esterno con le cannucce e preparata l'intelaiatura del tetto, si accingeva a coprirlo con il graticciato di canne.

Il lavoro veniva anche in parte svolto dal vecchio

genitore e dalla moglie, mentre il bimbo sgambettava, mimando l'operato dei grandi .

Gianni stette per una buona mezz'ora ad osservare fissamente, a braccia conserte, l'affannarsi di quegli sventurati, nell'accomiatarsi salutò con un

"Ciao"

cui fu risposto

" Statti buono guagliò",

Gianni sentendo quella espressione "strana"sorrise divertito, dopo essersi voltato.

Si avviò verso casa, distante dalla capanna non più di duecento metri.

La madre era una specie di armadio ambulante, circa un metro e ottanta per 120 chili, incuteva paura, specie in famiglia, e la si vedeva sorridere raramente.

Sara nonostante i suoi 40 anni aveva delle rughe scavate, i lineamenti mascolini del viso ricordavano vagamente John Wayne, ed era una che disponeva il da farsi col piglio di un tiranno, come si soleva dire "lì comandava la Francia" per alludere a famiglie condotte da matriarcato.

Appena vide il figlio gli urlò:

"Dov'eri ? siamo già a tavola da un bel pezzo"

il ragazzo, sobbalzò all'indietro impaurito, notando che la mascella della genitrice tremolava leggermente, mentre proferiva quella frase, così si rese conto che era già l'una oppure come si diceva nel loro dialetto :"un botto”.

A tavola non c'era altro che un po' di fagioli raccolti dalla sorella nell’orto, lessati, insieme con pasta mista e frantumata.

A quei tempi le confezioni erano praticamente sconosciute, la pasta veniva venduta sfusa, e, per risparmiare, spesso si compravano le rimanenze sbriciolate e mischiate degli scaffali, il tutto era immerso in qualcosa di liquido che sarebbe stato ottimistico definire brodo, croste di formaggio secco davano un po' di sapore a quella poltiglia.

A tavola oltre al ragazzo , c'erano il padre, la sorella e, naturalmente, la madre .

Gianni ,con l'appetito tipico dell' età , divorò in pochi minuti quel misero pasto dopo di che iniziò, non senza ridacchiare, a raccontare dell'incontro fatto poco prima, e di quell' insolito quartetto di persone viste quella mattina , riferì di quella capanna costruita con canne di lago.

Non si risparmiò in allusioni di scherno nei confronti di quegli sfortunati .

Fu a quel punto che il padre del ragazzo come abbagliato da una folgorazione, disse con estremo disprezzo : “can del porco”, poi bestemmiò, un attimo dopo dando enfasi alla frase, alzò l’indice e sentenziò

“Quei lì xei i bepi dea capanna”

la parola “bepi” nella maggior parte del Veneto è usata per definire una persona arretrata e ignorante .

L’intercalare “bestemmiato” era abbastanza comune, tra i contadini e i ceti sociali medio bassi, pochi se ne scandalizzavano.

Era sera e i nuovi venuti, stavano sistemando le loro cose e i pochi mobili , dopo aver coperto alla meno peggio la capanna.

Poi cenarono: un tozzo di pane con un po' di cicoria e una ciotola di fagioli, dei cani bastonati sarebbero stati più allegri, monosillabi, nel silenzio quasi assoluto e alla luce fioca di un lume a petrolio, poi tutti a dormire.

A terra tre paglericci, contenuti in sacchi di stoffa marrone a righe bianche, insaccati ben bene con paglia di pannocchie : due affiancati a mò di letto matrimoniale ed un altro a qualche metro di distanza per il vecchio genitore.

Appena si coricarono, si udì il tipico, forte fruscio emesso dai paglericci che continuò finché non presero sonno.

Capitolo 2°

Verso le tre del mattino, un colpo di tosse del vecchio fece sobbalzare Antonio, che non riusci' più a riprendere sonno .

Riflettendo sulle condizioni disperate in cui si erano cacciati, incredulo, si toccò il viso, calde lacrime stavano scendendo.

Imprecò silenziosamente, strinse con forza i pugni e si morse le labbra trattenendosi dall'urlare per il dolore lancinante che gli dilaniava l'animo, mentre un groppo gli saliva in gola, e pareva lo strangolasse.

Il mattino alle sei erano tutti in piedi, di nuovo tutti indaffarati a terminare i lavori nella loro capanna: la donna sistemava dei fogli di cartone all'interno delle cannucce per cercare di riparare l'interno dagli spifferi d'aria.

Antonio stava costruendo una porta fatta con tavole di varie misure, recuperate, da mettere al posto del graticciato che chiudeva al momento l'entrata.

A una cinquantina di metri passò un carro con alte ruote a raggi, in legno, cerchiate di ferro, trainato da una pariglia di vacche da latte bianche, sopra Gianni con la sorella ed i genitori.

Guardavano l'affannarsi di quegli sventurati con un certo divertimento e aria di superiorità, derivante da una sorta di razzismo che c'era da parte dei coloni Veneti nei confronti dei neo immigrati che venivano dalla Campania.

Infatti i matrimoni, per così dire misti, venivano accanitamente osteggiati non solo dai genitori ma anche dai parenti di questa sorta di "Casta degli Eletti".

Antonio sollevò il braccio in segno di saluto verso i

suoi vicini dicendo ad alta voce : “buongiorno”, evidentissima la o “aperta” tipica del dialetto campano.

Gianni ed i genitori si guardarono tra il divertito e lo stupito per un attimo , dopo di che la madre rispose al saluto .

Si recavano in campagna a pulire le scoline con il badile, il terreno pesante, misto ad argilla , drenava poco la pioggia, bisognava fare in modo di convogliarla verso i canali di bonifica, se non si voleva che il magro raccolto deperisse del tutto .

Mentre lavoravano, Sara commentò l'incontro con quegli individui , proferendo frasi di spregio, sottolineando la presunta inferiorità di quelli che per lei non erano altro che "marocchini ".

Proseguendo verso Latina oltre terreno dei Fasser, la famiglia di Gianni, c'era il podere di un'altra famiglia proveniente dal Veneto, i Salin , a sei-settecento metri di distanza dalla capanna, i due poderi confinavano.

I fratelli Salin non appena udita la storia di quelli che ormai erano definiti dal vicinato "Bepi della Capanna", impietositi offersero aiuto ai nuovi venuti, che questi, con testardo orgoglio, rifiutarono.

La storia fino qui narrata poteva apparire, ad un osservatore esterno comica, per le contrapposizioni dialettali , da parte loro invece gli interessati vivevano con amarezza e rassegnazione, tutto il peso di quella situazione inumana.

Il terreno era stato consegnato ad Antonio completamente arato, ed era pronto per la semina che da quelle parti veniva anticipata a causa del suolo che non drenava , prima che iniziassero le forti piogge di novembre,.

Il seme doveva essere interrato con erpice trainato dal

trattore oppure da buoi, in modo che la terra lo ricoprisse, ma quegli sventurati non possedevano né l'uno né gli altri ,ed avevano urgenza di fare questa operazione.

La coltivazione della terra era la loro unica chance per pagare la nuova proprietà, ed avere qualcosa da mettere sotto i denti.

Di buon mattino Antonio andò a piedi al Consorzio Agricolo che all'epoca era al centro della città, a circa 5 km dalla loro capanna ad ordinare le sementi, che vennero portate a casa il pomeriggio da uno scalcinato camion, con ruote sottili di gomma piena, che pareva uscito dritto dritto dalla guerra.

Il giovane iniziò a seminare a spaglio, ed era già l'imbrunire quando si ritirò alla capanna per mangiare un po' di pane rinsecchito, ammorbidito dal liquido di cottura dei ceci.

Alla luce giallastra e traballante del lume a petrolio i contorni dei visi scavati e scarni, le misere suppellettili della capanna assumevano luci ed ombre dei dipinti di Caravaggio.

La mattina presto Antonio era già in piedi, dopo aver finito di seminare, chiamò la moglie per farsi imbragare con alcune funi, lo scopo era di trainare un erpice rudimentale costruito con delle tavole .

Nelle rudimentali assi di legno vi erano infissi alcuni chiodi lunghi una quindicina di centimetri, sopra l'arnese un paio di massi.

Appena lo mise in trazione gli sembrò che il rudimentale attrezzo fosse letteralmente incollato al terreno, slittava, scalzo, tra le dita dei piedi fango molle, ma sapeva che non poteva sottrarsi a questo gravoso compito, il seme andava coperto, altrimenti formiche, volatili e altri insetti, avrebbero fatto incetta di quel grano.

L'operazione di erpicatura era un pò agevolata dalle prime piogge dell'autunno che avevano bagnato il terreno.

Dopo circa 20 minuti Antonio era già ansimante, proseguiva per la sola forza di volontà, grossi goccioloni di sudore correvano lungo la fronte e cadevano pesantemente sul petto, continuò così fino a sera, con le gambe tremati per l'enorme sforzo fisico e con i poveri vestiti madidi di sudore, che in serata fumavano per l'evaporazione.

La giovane moglie, seguiva il marito con lo sguardo pieno di lacrime, stringendo a sé il figlioletto .

Certamente l'erpice usato non era il massimo per livellare il terreno, che rimase con numerose buche ed avvallamenti, complice l'aratura che lasciava molto a desiderare, era stata eseguita con poca perizia e vecchi trattori.

Dopo quell'enorme sforzo l'uomo si coricò con un febbrone da cavallo e rimase a letto per due giorni , in cuor suo era contento di aver completato la semina, sperava nel raccolto, non aveva in previsione altre entrate di lì all'estate.

Passati una decina di giorni , di nuovo in forze, Antonio decise di scavare un pozzo, voleva essere indipendente e non elemosinare l'acqua necessaria alla sua famiglia, iniziò a scavare a pala e piccone .

Due giorni dopo, Antonio era arrivato ad una profondità di circa cinque metri , improvvisamente si vide franare addosso l'intera parete da lui scavata , il giovane rimase, fortunosamente, con parte del busto e la testa al di fuori della terra franata.

Annaspando , si portò con la forza delle braccia al di fuori di quell'argilla viscida, si aggrappò alla fune penzolante con la quale si era calato, appesa a una travatura di legno, ed uscì.

La moglie lì presente e l'anziano padre, che fino ad allora avevano aiutato ad estrarre il materiale scavato, rimasero esterrefatti, senza parole, potevano essere risucchiati dalla frana, che arrivava al bordo del pozzo.

Antonio rimase per un quarto d'ora immobile, ansimante, con gli occhi sbarrati nel pensare che poteva rimanere sotto tonnellate di terra.

Gradualmente si riprese dallo spavento e proferì maledizioni a voce alta, sollevando gli occhi al cielo, contro i colpevoli di quella situazione, mentre Franca era caduta in ginocchio, piangendo stringeva la testa tra le mani, il vecchio, rimasto inebetito, aveva il viso rigato dal pianto.

Con caparbietà , a distanza di circa 1 mese, scavò un nuovo pozzo, ma questa volta fece scendere i tubi nel grosso foro praticato nel terreno.

Dopo aver scavato circa 3 metri, con l'aiuto di una robusta corda fatta scorrere intorno a un grosso palo infisso nel terreno mentre la moglie ed il padre sorreggevano la fune.

Questi pesanti manufatti in cemento vennero acquistati con le poche lire rimaste.

Scavò con una tecnica particolare all'interno dei tubi, quasi come se lui e gli attrezzi usati fossero un tutt'uno che agiva come una trivella creandosi una piccola parete da picconare.

Man mano che i tubi scendevano di un metro, Antonio risaliva e ne aggiungeva un altro sopra la colonna.

Finalmente arrivò a toccare la falda freatica , a 12 metri

di profondità, ebbe acqua per la famiglia e i suoi pochi polli ossuti.
I vicini guardavano, con ammirazione mista a una notevole dose di invidia, questi sforzi che parevano opporsi al concatenarsi di eventi sfortunati che coinvolgevano questa famiglia .
Giorgio faceva delle brevi escursioni in quel territorio, a lui parevano strane quelle piante dalle foglie coriacee che se rotte o strofinate emettevano un odore pungente, balsamico e gradevole.
Gli eucalipti, erano stati piantati in file lungo le strade ed i canali di bonifica, scavati decine di anni addietro per drenare quella zona.
Col trascorrere delle settimane i giri del vecchio si facevano sempre più ampi.
Fu così che un giorno, non riuscì più a tornare alla capanna, la direzione, che lui considerava "giusta", lo portò dopo qualche ora di cammino sotto Sezze.
Strada facendo aveva chiesto informazioni su come tornare a casa, ma il dialetto campano non veniva compreso, e lui non capiva quell'ostico vernacolo setino.
Nel suo vagare lo sguardo si era soffermato su sterminati campi di carciofi, di insalata e su file di schiene ricurve a zappettare.
L'imbrunire scese all'improvviso, il tempo era volato.
Il vecchio non tornava, Antonio iniziò a preoccuparsi, cominciò a chiamarlo dapprima a voce alta, poi urlando.

"Papà, papà, dove state?"

Il voi era obbligatorio come forma di rispetto verso i genitori, gli zii ed in genere con le persone più anziane.

Le urla allarmarono il vicinato che, pensando fosse accaduta una disgrazia, accorsero.
Dopo aver spiegato il problema, Antonio continuò la ricerca, aiutato in questo dai confinanti.
Si sparpagliarono in direzioni diverse, le persone erano ad una cinquantina di metri uno dall'altro, dandosi una voce ogni qualvolta qualcuno avesse cambiato direzione.
Franca e Antonio si diressero verso una vicina strada comunale, all'epoca ancora imbrecciata, con lastroni di pietra calcarea come fondo.
Dopo una mezz'ora sentirono la voce di Arturo Fassèr, quasi un grido:

"Cossa xeo un cavallo?"

Dopo qualche minuto un rumore di zoccoli sull'acciottolato che si avvicinava verso di loro.
Giorgio indossava calzature di legno che producevano il caratteristico rumore battendo sui sassi al punto che sembrava quasi che fosse il passeggiare di un equino.

"Papà , state bene ?"

Antonio e Franca avevano gli occhi lucidi.

"Mannaggia 'o terremoto"

Molto credente, pronunciava abitualmente questa frase per imprecare, non aveva mai proferito una bestemmia in vita sua, addirittura aveva coniato una massima "per essere migliore, l'essere umano, deve pensare alla morte almeno una volta al giorno"..

"Aggio arrivato fino a chelle luci"

Indicò la striminzita illuminazione di Sezze.

Tornarono verso la capanna, riunendosi gradualmente agli altri, erano una decina persone,una volta nella catapecchia bevvero un paio di fiaschi di clintòn per festeggiare.

Rumoreggiarono allegramente, barzellette, storielle e battute venivano enunciate nei due diversi dialetti, fino all'una di notte e poi, quando i loro sensi ancora beneficiavano dall'ottundimento alcolico si ritirarono presso le rispettive abitazioni.

Capitolo 3°

La stagione assumeva la tipicità di quelle zone, con autunni molto piovosi e, all'interno della capanna, non era insolito imbattersi in qualche piccola pozzanghera.

Nella casupola, le canne delle pareti, all'esterno, e il cartone, all'interno, si andavano rapidamente deteriorando a causa della notevole umidità, fortunatamente giunsero circa venti giorni di bel tempo che permisero alle pareti e al pavimento in terra battuta di asciugarsi.

Arrivò dicembre, nei campi le giovani piantine di grano avevano colorato, di un bel verde tenue, il bianco del terreno siliceo e argilloso.

Per Natale, Franca cucinò tagliatelle fatte in casa, con fegatelli di pollo, il resto di quei striminziti bipedi fu arrostito in padella, per terminare il pranzo un poco di cicoria mista a qualche cucchiaiata di fagioli.

La consapevolezza del senso di appartenenza a quella famiglia , e il trascorrere insieme la festività resero un poco più leggero, il peso della situazione.

Il freddo invernale non era molto intenso, la notte tuttavia, si raggiungevano i 2 o 3 gradi sotto zero, anche con le coperte di lana addosso il freddo faceva battere i denti, al mattino il minimo monosillabo pronunciato dava vita ad alitate di vapore.

Veniva acceso un braciere nelle ore notturne per riscaldarsi, i numerosi spifferi che passavano attraverso le cannucce, evitavano di rimanere soffocati per l'ossido di carbonio che si sprigionava .

I contadini di origine veneta che vivevano nei dintorni avevano fatto assaggiare ad Antonio, un vino talmente nero che sembrava inchiostro ma con un sapore che poteva lontanamente ricordare il " marsala".

Ottenne, dai vicini, tralci da inserire nel terreno per farne talee, avrebbero attecchito e creato nuove piante.

Quel vitigno, creato dall'uomo mediante ibridazione tra vite europea ed americana, molto diffuso in alcune zone del nord ed in Francia dal gusto di selvatico, che si chiamava "Clinto" ed una varietà molto simile ma dai grappoli leggermente più grandi era il "Clinton", poco pregiato per il gusto "foxy", incuranti i contadini, che non erano certamente dei sommelier, ne consumavano in quantità.

Gli vennero regalati anche i tralci di un vitigno affine, il "Bacò" che era addirittura impiegato in Francia per la produzione del celebre "Armagnac".

Era un'uva con una buccia molto sottile, vespe ed api ne erano talmente ghiotte da farne incetta quando era matura, lasciando i graspi divorati e poi spogli, andava raccolta molto in anticipo rispetto ad altre varietà, a metà agosto cominciava a maturare.

Gli ibridi tra vite americana e quella europea, furono creati per resistere agli attacchi della fillossera che uccideva le piante ed erano resistenti ad alcune malattie fungine come la peronospora e l'oidio che rovinavano i raccolti.

Erano immersi nell'inverno ed Antonio non sapendo come sbarcare il lunario fece la proposta al padre di Gianni, Arturo, di scavare pozzi a coloro che ne avessero avuto la necessità dei poderi nel circondario, dopo pochi giorni un vicino chiese la loro opera.

Fin dalle prime fasi Antonio si rese conto che Arturo, non era tagliato per quel duro compito, si stancava troppo presto, inoltre aveva poche nozioni sul come si dovesse condurre il lavoro, gli toccò scavare dall'inizio fino al termine del pozzo .

Rimase a bocca aperta quando Arturo,con un'incredibile faccia di tosta, chiese al "cliente" per il lavoro svolto, diecimila lire, somma pari allo stipendio medio di un operaio, comunque intascò la sua metà senza problemi, era a corto di denaro.

Antonio era orgoglioso del lavoro fatto, quei soldi gli avrebbero consentito di tirare avanti senza ulteriori preoccupazioni per un altro po' di tempo.

Avevano eseguito il lavoro con materiali di fortuna, voleva essere pronto per un eventuale prossimo scavo, il piccolo e scuro "marocchino" cercò un albero di robinia che sarebbe stato indispensabile nella costruzione degli attrezzi .

Il legno abbastanza duro ed elastico, doveva essere dritto per costruire un argano che occorreva tirare su il materiale scavato nei pozzi , dopo aver vagato per circa 3 ore si imbatté in quello che faceva al caso suo ,un albero di circa 20 anni dritto come un fuso.

Il legno della "robinia pseudoacacia" è compatto e cresce lentamente, caratteristica delle piante a legno duro , un albero di 20 anni, in quel terreno poco fertile, poteva avere un diametro di circa 15 centimetri o poco più.

Lo tagliò con una scure aiutato dalla moglie lo trascinò verso casa, lo sfrondò dai rami e ne fece, ordinatamente, una piccola fascina da usare, poi, per cuocere il pane.

Levò la corteccia alla robinia con una specie di *machete* corto e tozzo, che aveva portato dal paese, tolse i pochi rametti rimasti e iniziò a lisciarlo adoperando la roncola con tale maestria che il tronco, alla fine, sembrava passato al tornio.

L'indomani lo rifinì con cocci di vetro, usati a mo' di pialletto vista la carenza di mezzi e di denaro per poter acquistare utensili più specifici.

Il padre di Gianni pur ostentando superiorità nei confronti dei nuovi arrivati "marocchini" cercò rendersi utile nel costruire gli attrezzi che dovevano servire per iniziare questa attività insieme con il suo nuovo socio.

Arturo mise a disposizione alcuni grossi tavoloni di abete, che giacevano nel suo polveroso magazzino .

Dopo una settimana circa di lavoro riuscirono a costruire gli attrezzi che occorrevano loro : un cavalletto, poi l'argano, che chiamarono "mulinello", un mastello con fori laterali ed una fune passante al centro per caricare il materiale scavato nel pozzo, una corda per issare il mastello.

Le maniglie laterali in ferro per l'argano le fecero forgiare da un fabbro nel vicino borgo.

Tutto questo daffare distraeva Antonio , quasi non pensava più alle sue disgrazie, se non quando si svegliava di soprassalto in preda ad un incubo, sognava un volto che sghignazzava di lui , era il volto di Terenzio che lo aveva fatto venire in quella landa desolata, con l'inganno, per ridurlo in povertà.

Una volta sveglio col cuore che batteva all'impazzata, si accendeva nel buio una sigaretta, ripensava all'incontro con il suo antagonista, a Campomorto, in quella piccola borgata agricola a quasi 20 chilometri di distanza :

> "Antonio fidati di me, lì il terreno è migliore di questo, compreremo 40 moggi di terreno"

(il moggio era una misura di superficie partenopea,

variabile, che nella zona del Beneventano corrispondeva a 3300 mq) .

"Stasera una maestra elementare mi deve compilare il compromesso, ho visto un appezzamento, qui a Campomorto, il terreno è ottimo per la frutta e la vigna, voglio comprarlo, ho già preso accordi"

"Vieni con me, stai tranquillo farai un affare, e poi il nome di questo posto non è bene augurante ti pare?"

Non poteva dimenticare le lacrime del vecchio padre quando, tornato al paese, aveva saputo con quali persone avrebbe dovuto acquistare il terreno :

"figlio mio che hai fatto!
Quella è gentaglia, lo zio e il padre, al paese, si fecero prestare dei soldi da Don Ciccio il carrettiere, per non restituirglieli più poi lo ammazzarono come un cane , li vide anche mia cugina commettere l'omicidio, dall'alto dei terrazzamenti del suo oliveto.
Mentre andava al mercato, a dorso di somaro, in una stretta vallata, fu assalito gli tagliarono la gola e la lingua, morì dissanguato, degli assassini, ecco cosa sono.
Al processo poi, quegli indemoniati riuscirono a portare, come alibi, un maresciallo dei carabinieri, che giurò di averlo visto a 20 chilometri, da dove avvenne il fatto".

Capitolo 4°

Franca usava il forno di Terenzio, nei pressi del casale, per cuocere il pane necessario alla famiglia, nonostante la truffa, perpetrata, oltre che dallo stesso Terenzio, dal colono dello scorporo venduto, complici anche gli avvocati e notai che avevano circuito Antonio, togliendogli quasi tutti i soldi percepiti dalla vendita delle proprietà a Moiano.

Carla la moglie di Terenzio era visibilmente indispettita da quella "ragazzina" che aveva l'ardire di saper fare il pane meglio di lei e per questo le procurava continui litigi con il marito.

Battibecchi che Terenzio zittiva scaraventando a terra la pagnotta, malamente e frettolosamente lievitata dalla moglie: un paio di chili di pane alti due dita , della durezza di un sasso!

La lievitazione avveniva usando il cosiddetto "lievito di casa" e questa operazione doveva durare non meno di una dozzina di ore, ma la moglie di Terenzio sbagliava i tempi o usava lievito (nel loro dialetto "criscito") vecchio.

Per evitare questioni col marito, Carla imponeva alla giovane e indisponente compaesana di lasciare 7 pagnotte a settimana, altrimenti niente forno.

Il pane era nutrimento primario per quei tempi di ristrettezze, panificare in proprio apparteneva alla routine, la cottura veniva fatta settimanalmente, la cosa era possibile grazie all'utilizzo del lievito naturale della farina, grazie ad esso la pagnotta superava indenne molti giorni senza sviluppare muffe.

Franca andava carica di con 2 o 3 fascine di legna per

scaldare il forno e cuocere il pane, questa operazione, dall'accensione del forno fino allo sfornare le pagnotte, iniziava verso le 5 e terminava all'incirca verso le 2 del pomeriggio.

In quelle occasioni, Carla e Terenzio si lasciavano andare a commenti malcelati di sfottò, punzecchiando Franca, schernivano tutta la famiglia.

La loro unica colpa era di aver incontrato uno "col pelo sul cuore" come Terenzio e di essere stata depredata dei risparmi di una vita di lavoro dell'anziano genitore, oltre al ricavo delle proprietà vendute al paese, una piccola palazzina e una decina di moggi di terreno.

Un giorno, agli inizi del mese di marzo, mentre Franca era intenta nel preparare il fuoco nel forno, udì delle grida.

Inizialmente pareva che Carla si rivolgesse ai figli, in pochi attimi se la trovò a non più di 50 centimetri dalla propria faccia, Franca finalmente intuì che ce l'aveva con lei, non capendo quasi nulla di quello che farfugliava, tra gli spruzzi di bava che le uscivano dalla bocca.

L'acuto stridio delle urla era fastidioso come quello di un'aquila.

Le parole inequivocabili erano : uova e galline, ma non ne capiva il nesso con se stessa, il piccolo Gino, intimorito per la veemenza della donna , si mise a piangere sommessamente nascondendosi dietro alla madre, stringendo un lembo della gonna.

Qualche attimo dopo, udite le grida, spuntò da una finestra la testa della madre di Franca, Nina, che era stata fatta venire dal paese con il padre, le altre sorelle e fratelli, dallo stesso Terenzio per poter sottrarre soldi anche a loro.

La truffa avveniva con la complicità di alcuni coloni che pretendevano una buonuscita esageratamente alta, la metà finiva nelle tasche di Terenzio.
Nina urlo' verso Carla:

"Le uova le ruba Giuliano, i tuoi figli non farli morire di fame, le tirano direttamente dal culo delle galline per mangiarsele!!"

L'abilità truffaldina non era sinonimo di un quoziente intellettivo particolarmente eccelso, Terenzio soleva scambiare una damigiana di olio portato dal paese e una pari quantità di vino con la vicina famiglia Manin.
Gran parte dei soldi provento delle disoneste mediazioni, veniva così speso, mobilio di infimo ordine, alcune vacche malandate e soprattutto saldare la quota dell'acquisto dei 7 ettari da lui comprati.
Di conseguenza acquistare da mangiare ai figli era l'ultimo dei suoi pensieri, i ragazzi dovevano spesso arrangiarsi con quello che riuscivano a racimolare, e le uova erano un'ottima fonte di proteine.
Dopo la rivelazione fatta da Nina, rimanendo con la bocca semiaperta, Carla, si voltò verso quella voce poi strabuzzò gli occhi nella direzione del figlio , Giuliano che fuggiva già a gambe levate per paura della punizione, poi la donna si girò di scatto verso casa, andandosene senza dire altro, ne tanto meno scusarsi.
Il piccolo Gino che ancora piangeva, chiese :

"Che voleva da te, mamma?"

La madre fece spallucce e si girò verso il forno per infilare un'altra fascina, le ritornò in mente un episodio accaduto mesi prima, del quale non ne aveva fatto parola col marito per non alimentare la sua irascibilità, spesso incontrollata.

L'evento accadde prima di andare via dal casale e costruire la capanna, poi, scossa dall'avvenimento, aveva chiesto ad Antonio di lasciare, senza ulteriori indugi quella maledetta casa.

In quell'occasione Carla col marito scatenarono una discussione, poi chiusero Franca con Nina e la sorella più piccola, dentro a quella che un tempo era una stalla, nel locale dove avevano alloggiato anche Antonio e famiglia.

Urlando che dovevano andarsene, il maggiore dei figli di Terenzio , Manlio, chiuse la porta dall'interno col catenaccio.

Terenzio con la moglie iniziarono a dare pugni sulla schiena alle tre povere donne, le grida di aiuto vennero udite da una delle sorelle di Franca, Vittoria, asciutta ma vigorosa, aveva una folta capigliatura rosso tiziano.

Alle urla Vittoria accorse vicino alla porta della stalla non riuscendo ad aprirla, infuriata, con la forza dei 20 anni, a calci e spallate scardinò la porta tarlata e non molto robusta, poi con due pugni mise letteralmente KO Terenzio e la moglie, mentre Manlio fuggì urlando e piangendo.

Dopo alcuni istanti di stordimento Terenzio si alzò scuotendo la testa, per poi inveire e minacciare di denuncia la ragazza che a suo dire l'aveva aggredito.

Si fece prestare dai Manin, una bicicletta per la moglie, mentre Terenzio prese la sua sgangherata, entrambi si diressero in città per denunciare "l'aggressione" subita.

La distanza era di 5 chilometri, la rabbia per il "torto subìto" e la voglia di fargliela pagare a quell'arrogante ragazza moltiplicarono le forze di entrambi, in meno di 20 minuti erano al centro.

Il maresciallo Garau appena vide arrivare i due trafelati, alla caserma, si chiese cosa diavolo avevano da correre e, lasciando trasparire, oltre all'ironia, un forte accento sardo :

"Che vi succede? Avete una torma di lupi alle calcagna?"

Scesi dalla bicicletta aspettarono qualche istante, per riprendere fiato, poi Terenzio, ansimante, ma con viso serio esclamò:

"Debbo fare una denuncia"

Il maresciallo allarmato e stupito, poco avvezzo che accadessero reati, nella sonnacchiosa routine delle campagne circostanti, chiese:

"Denuncia? per cosa? Venite, venite dentro così mi spiegherete tutto."

Il maresciallo fu messo al corrente dell'aggressione subita da Terenzio e dalla moglie, che omisero il sequestro da essi commesso a danno di Franca, della madre e della sorella.

Terenzio dovette attendere qualche istante durante il quale l'espressione del comandante di stazione cambiò dapprima in attenta, poi in attonita infine il maresciallo esplose in una fragorosa risata.

"Voi, Voi... Ah ah ah ah!, vorreste denunciare

una donna per avervi percosso?
Scusate, ma ci fareste una figura, di merda... grande, grosso e malmenato da una ragazzina..."

I coniugi provarono ad insistere, ma di fronte all'irremovibilità del maresciallo Garau, abbandonarono il proposito di fare la denuncia alla loro scomoda inquilina, era meglio evitare indagini che avrebbero potuto appurare la scomoda verità.
Di ritorno lungo la bianca e polverosa stradina Terenzio, con voce ansimante per la fatica alla moglie

"Se avessi accennato al fatto che le avevamo chiuse dentro per malmenarle, di sicuro ci avrebbero messo i ferri."

E la donna in dialetto lo zittì, guardandosi intorno e scuotendo il capo coll'indice di traverso sulle labbra

" ssst, che dici , si scem?"

Capitolo 5°

Sul terreno acquistato, dopo alcuni mesi i genitori di Franca, montarono una baracca, con l'aiuto di Antonio, Franca ed alcuni vicini, la struttura di legno fu completata con lastre d'amianto, ampiamente utilizzate all'epoca, delle quali veniva taciuta la pericolosità.

Lisce e gialline quelle usate per le pareti e grigie ondulate sul tetto, mancava poco ad essere completata quando se ne andarono, per sempre dalla stalla dei Panfili.

Nei mesi successivi Nina , Franca e Vittoria abbellirono creando un giardino davanti la nuova abitazione, piantandovi rose , bulbi e altri fiori.

La numerosa e pacchiana varietà floreale fece si che alla baracca, fosse affibbiato ironicamente, dai circostanti coloni, l'appellativo di "Villa Fiorita".

La vita scorreva relativamente tranquilla e monotona, Terenzio aveva ormai messo in piedi una florida attività di mediazione sui terreni.

Faceva spola tra Moiano e Latina, proponeva e poi pilotava l'acquisto di terreni, sui quali avrebbe sicuramente lucrato, ad alcuni paesani, percependo laute mediazioni sottobanco, il suo interessamento passava per altruismo.

Non c'era pubblica illuminazione nelle campagne, appena fuori dalla città era buio pesto, i casali distavano tra di loro almeno 500 metri, la forte oscurità dava la possibilità di intravedere la fiamma di un lume a petrolio acceso da una abitazione all'altra.

Una sera, nell'oscurità totale Vittoria udì fragorose risate, provenivano dal casale dei Panfili, si diresse curiosa verso la luce tremolante che pareva originare quegli strepiti.

Attraverso la finestrella intravide Terenzio con un beffardo sorriso, che sciorinava in presenza dei figli e di un giovane colono-mediatore, un bel malloppo di banconote estraendole da un sudicio grembiule, mentre Carla ridendo sgangheratamente, urlava di contentezza

> " Mariuoli, dove li avete presi tutti 'sti soldi?"

Al paese, non riuscivano a comprendere che dietro l'apparente interessamento c' era una truffa, neanche quando Terenzio nella piazza principale di Moiano si vantò con alcuni di questi paesani

> "Ve lo ricordare Antonio Giardiello ? Venitelo a vedere mò che l'aggio mannato dind'o' pagliaro"

finita la frase scoppiò in una forzata risata di scherno (o' pagliaro era il rifugio costruito dai "Bepi della Capanna").

I paesani si guardarono stupefatti, si alzò un mormorio e in tanti si chiesero come mai Antonio, noto per il suo ostentato orgoglio, si fosse fatto mettere i piedi in testa da uno come Terenzio, che era stato tenuto ai margini della vita sociale del paese, dopo che anni addietro tra lui e il fratello, si erano presi a schioppettate nella masseria dove abitavano.

Pare che nella sparatoria Terenzio fosse convinto di aver "fatto fuori" il fratello, nell'immediatezza cercò rifugio presso una casa di conoscenti, in un altro paese della Valle Caudina.

A distanza di una settimana, dopo che uno dei ragazzi della famiglia dove era "ospite" vide Galdino il fratello di Terenzio "sano e vivo" ritornò alla masseria, dove il fratello lo accolse con schiaffoni a due mani, e così finì la sua "latitanza" immaginaria.

Nonostante la discutibile reputazione , Terenzio riusciva a convincere alcuni capifamiglia, specie nelle frazioni vicine al paese, che parlava di una specie di Eden nei dintorni di Latina.

Per poter arraffare metà della buonuscita era obbligato a far acquistare ai compaesani scorpori dei poderi più grandi ovviamente più poveri ed improduttivi, solo questi si potevano frazionare, appunto perché di superficie maggiore.

In quegli anni la coltura maggiormente praticata era quella del grano, chi veniva dal paese doveva fare grandi sacrifici per tirare avanti, complice la scarsa resa dei raccolti del terreno tutt'altro che fertile.

Due dei truffati, Nicola e il fratello Francesco, avevano comprato, oltre la terra e un casale a mezzo chilometro da quello di Terenzio, anche alcune vacche.

Nicola si fece convincere ad affidarle allo stesso Terenzio, perché questi aveva detto ai due fratelli, che nella stalla acquistata ci pioveva e le bestie si sarebbero ammalate e forse anche morte.

Intenzione di Terenzio era di metterle sotto il giogo per l'aratura dei campi, e cosi vennero impiegate per alcuni giorni.

Dopo qualche settimana incominciarono i problemi tra Nicola e Terenzio, che, accampando scuse strampalate, non voleva più restituire le vacche al legittimo proprietario, Nicola tra l'altro gli aveva anche battezzato la figlia più piccola.

Nicola e Francesco andarono, a muso duro, con alcuni nerboruti parenti, a riprendersi le vacche direttamente nella stalla dei Panfili tra gli improperi di Carla, gli sputi di Terenzio e qualche sasso lanciato di soppiatto dai figli, nascosti in un canneto nei pressi del casale .

Arrivò l'afoso luglio, Renato, il fratello di Franca era venuto in vacanza e a presentare la moglie ai genitori e agli altri parenti.

Egli aveva combattuto a Tobruk, fatto prigioniero dagli inglesi aveva trascorso 4 anni in Sudafrica come prigioniero di guerra.

Aveva patito la fame, riuscì a sopravvivere mangiando di tutto, compreso bucce di patate, il vitto della "perfida albione" era misero ed incostante.

Il ritorno di Renato fu predetto da un frate, chiamato al capezzale di Nina perchè uno stato di prostrazione aveva indotto nella donna un malessere generale, che le impediva addirittura di stare in piedi.

Una volta ritornato a casa, subito dopo la guerra, con una semplice domanda, da reduce, venne assunto come agente di custodia presso il carcere di Trento, in quella città aveva conosciuto la dolce Fancy.

I genitori di lei non erano disposti a darla in sposa a quello che esteriormente sembrava un ragazzo di quelle parti per il colorito chiaro della carnagione e per gli splendidi occhi verdi, ma la sua carta d'identità tradiva la nascita nel meridione.

Renato e la ragazza furono così costretti a fare la cosiddetta "fuitina", i due tornarono dopo una settimana, mettendo al corrente la famiglia che probabilmente Fancy era incinta.

Di lì a qualche mese si sposarono, assenti i genitori di lui perché privi del denaro per giungere a Trento e partecipare alla cerimonia.

L'estate dello stesso anno Renato si recò a Latina per far conoscere ai suoi parenti la sposina, venne anche per concludere le pratiche per intestarsi parte del terreno acquistato dai genitori.

La desolazione e le condizioni misere nelle quali vivevano i suoi congiunti lo impressionarono, anche Fancy ne rimase provata, specialmente al momento che si dovettero coricare nella capanna di Antonio, visto che l'abitazione dei genitori era "densamente popolata".

Nina aveva con lei tre figli e il marito, erano in cinque ad alloggiare dentro "Villa Fiorita" oltre a Vittoria aveva anche Aniello e l'ultimogenita Concetta .

Aniello, allora diciottenne, era un attaccabrighe e un bastian contrario viziato dai genitori, era stato chiamato così in onore del fratellino di Nina, morto ustionato ad appena cinque anni quando lei aveva ne aveva dieci .

Un paiolo di rame pieno di acqua bollente, sospeso nell'enorme camino, spezzò la catena consunta dalla ruggine e da anni di penzolamenti, riversando tutto il contenuto addosso al piccolo, i genitori provarono a togliere i vestiti al bimbo.

Tra l'orrore degli astanti e le urla strazianti del piccolo, insieme agli indumenti venivano appresso grandi lembi di pelle ustionata, il medico del paese non poté fare altro che assistere all'agonia del bambino.

L'atroce morte del fratellino era un cruccio per lei, se ne faceva una colpa, pensando che avrebbe potuto evitarla, le grida di dolore rimasero a rimbombarle nel cervello per decenni.

Forse era per questo che gliele dava tutte vinte a quell'ultimo figlio maschio, anche quando dava impressione di trasformarsi in un matto.

A dodici anni aveva intenzione di ammazzare le sorelle, quando sfondò una porta con l'accetta, dopo una lite con Franca e Vittoria, esse vennero salvate da un vicino che assestò un paio di solidi ceffoni sulla nuca dell'esagitato, calmandolo, al ritorno i genitori chiusero un occhio su quella che consideravano una ragazzata.

Il viso affilato assomigliava a quello di un dispettoso Stan Laurel, con tanto di capelli alzati, ora che c'era il fratello maggiore Renato aveva intenzione di farsi intestare metà del terreno acquistato dal padre, in barba alle sorelle, infatti le donne raramente riuscivano ad avere la quota di eredità dai genitori.

Secondo il suo calcolo i cinque ettari acquistati dovevano toccare per metà a lui e per metà al fratello.

La sua opera di persuasione era diretta alla madre che stravedeva per lui, ma anche frecciatine al padre, Giacomo, e a Renato.

Entrambi i genitori di Aniello pensavano che fosse ancora troppo piccolo, allora la maggiore età si raggiungeva a ventuno anni e non avevano nessuna intenzione di intestargli una parte di proprietà.

Tuttavia davanti al notaio il ragazzo si mise a piangere, Antonio e Renato dovettero accollarsi la responsabilità per la minore età di Aniello, dopo l'atto rimaneva il vincolo sul terreno che si estingueva naturalmente una volta saldato il debito.

Il grosso appezzamento venne diviso in tre parti, 2 ettari a testa ai maschi e 1 ettaro intestato a Giacomo.

Fancy, si muoveva goffamente a causa del pancione da gestante, dopo aver conosciuto le cognate e i suoceri si era un po' affezionata a quei parenti terroni, non si riteneva affatto campanilista, ma in fondo lei era nata all'estremo nord dell'Italia e in cuor suo si giudicava leggermente superiore ai parenti acquisiti.

In procinto di tornare a Trento proposero a Franca ed Antonio di portarsi al nord il piccolo Gino che davvero non poteva vivere in quella miserevole condizione.

Accettarono di separarsi dal figliolo a malincuore, riconoscendo che quell'ambiente non era affatto adatto ad un bimbo così piccolo.

Una Fiat Topolino adibita a scalcinato taxi accompagnò tutti e tre alla stazione, dopo aver pianto a dirotto il piccolo Gino si acquietò .

Durante il viaggio in treno il piccolo era aggrappato al finestrino, gli occhi spalancati, non si risparmiava in continue esclamazioni di stupore per paesaggi che non aveva mai osservato .

Gino si adattò in fretta alla nuova casa, ebbe nuovi amichetti in quel palazzo, e nel giro di pochi mesi già aveva la cadenza tipica della nuova città.

Parlava con le vecchiette dei pianerottoli ed in strada sottostante con i negozianti, mostrava la saggezza di un anziano, chi lo ascoltava rimaneva stupefatto dai racconti, ritenuti immaginari dagli interlocutori, della sua famiglia in una capanna.

Molti mesi erano passati e Gino si era già abituato al nuovo tran-tran, mancavano ormai poche settimane al parto di Fancy.

Renato spesso commetteva la leggerezza di lasciare l'arma d'ordinanza sul comò, con la sicura ma col caricatore inserito, per Gino era un giocattolo nuovo così afferrò l'arma e uscì sul pianerottolo.

Puntò la pistola in faccia alla vecchina della porta accanto l'arma, enorme per il bambino, veniva sorretta con entrambe le mani.

Premette in grilletto ed esclamò

"Pum, Pum, sei morta"

Il colpo non era partito per la sicura inserita, però la vegliarda capì che si trattava di una pistola vera e si mise ad urlare.

"Ahhh, aiuto!!! va là , va là, sei matto ?"

L'intercalare "va là" era ed è molto comune in Friuli, Veneto e nel Trentino.

Le urla attirarono l'attenzione degli altri inquilini, Gino nel frattempo scendeva le scale in mezzo alle urla e al fuggi fuggi.

Renato e Fancy erano di ritorno, si erano assentati per fare un poco di spesa, udirono le urla agghiaccianti ed accorsero temendo qualche disgrazia, si trovarono Gino davanti col pistolone

"Pum, Pum"

"Sto figlio di puttana"

Esclamò dapprima indietreggiando, poi in una frazione di secondo si gettò in avanti afferrò l'arma per la canna, con maestria tolse immediatamente il caricatore e se lo infilò in tasca, inserendo poi la pistola nella cintura dei pantaloni.

"Stronzetto, mò pum, pum te lo faccio sul culo"

Afferratolo per la vita iniziò a sculacciarlo selvaggiamente, mentre il bimbo piangeva a dirotto, poi lo posò a terra singhiozzante e gli allentò una sberla talmente forte che Gino cadde a terra.

Appena compiuto il gesto avvertì un oggetto freddo alla tempia.

"Uè strunz hai fernut?"

Riconobbe la voce del maresciallo Ruggero Picariello un carabiniere, inquilino dello stesso palazzo nel piano inferiore.

Non poteva crederci un collega aveva puntato un'arma contro di lui.

> "Mò ti faccio rapporto e così pierdi 'o posto di lavoro e te ne vai a Gaeta, capisci strunz?? incustodia d'arma, la colpa è solo tua, questa anima innocente che cazzo c'entra?"

Mentre proferiva la frase inclinò la testa ormai poche decine di centimetri da quella di Renato e digrignò i denti.

Il bambino si era quasi acquietato, e Fancy era a pochi passi sconsolata, interdetta e lacrimante mentre guardava il suo sposo sotto minaccia di una pistola .

Si stava formando un capannello di gente che si avvicinava, il maresciallo in tutta fretta ripose la Beretta M34 nella fondina, diede un'occhiataccia a Renato, voltò le spalle e se ne andò mormorando

"Vabbuò, oggi è la tua giornata fortunata ma statti

accuorto, non tirare troppo la corda"

E mentre si allontanava alzò il dito indice ed ammonì, dicendo

"Strunz"

Renato tirò un sospiro di sollievo mentre Picariello si allontanava, abbracciò la giovane moglie con gli occhi ancora piangenti, poi prese per mano Gino e andò nel suo appartamento.

L'indomani chiese una giornata di licenza al direttore del carcere che gli venne concessa di li a qualche giorno.

La licenza gli sarebbe servita a riaccompagnare il nipote a Latina, non voleva correre altri rischi e poi la moglie avrebbe partorito di conseguenza non potevano più badare a Gino.

Una volta arrivati alla capanna dopo molte ore di treno e il breve viaggio in taxi, Franca chiese cos'era quel livido sulla guancia di Gino , Renato rispose che aveva sbattuto all'angolo del tavolo.

Dopo pochi convenevoli Renato andò a salutare gli altri parenti e poi ripartì in serata.

Il forte accento Trentino divertiva i genitori che non la smettevano di chiedergli informazioni sulla permanenza a casa dello zio, il bimbo non fece parola della pistola e delle botte ricevute.

Capitolo 6°

Giorgio, il vecchio dei "Bepi della Capanna" era emigrato negli Stati Uniti dove lavorato per una decina di anni, a 36 anni era sbarcato, dalla nave San Giovanni, ad Ellis Island il 1° agosto del 1913, per raggranellare dei soldi per spese legali.

Aveva perso delle cause civili contro figlia e genero, che, circuendo la sprovveduta nonna, si erano fatti intestare tutte le sue proprietà ubicate in una frazione di Sant'Agata dei Goti.

Aveva lavorato nello Stato di New Jersey, a posare traversine ferroviarie, un lavoro pesante, che spaccava la schiena, ogni traversina in legno di quercia pesava quasi un centinaio di chili..

Erano passati molti anni da allora, il vecchio non aveva mai chiesto la pensione e Antonio viste le ristrettezze economiche, cercava una strada per far riscuotere le relative spettanze al padre.

Per prima cosa Antonio andò all'istituto di previdenza, a Latina, e chiese un conteggio degli arretrati per la pensione americana.

L'impiegato dopo qualche giorno gli fece sapere che gli spettavano 350 mila lire, Antonio strabuzzò gli occhi, la somma era superiore al valore di tre appartamenti.

L'impiegato, però, gli fece capire che per ottenere i soldi la strada era lunga e difficile.

Tornato alla capanna informò la moglie nel cortile, le parole non sfuggirono ad uno zio di Gianni nei pressi, egli disse di conoscere un certo Foschini maresciallo dell' Esercito che avrebbe potuto risolvere la questione .

Il giorno dopo di buon'ora andarono a casa del sottufficiale.

La casa era scarna, con pochi mobili e per giunta vetusti, lo stipendio di sottufficiale era sicuro, ma abbastanza magro, viveva lì con la moglie, non avevano figli.

Sentito il problema Foschini, con uno smagliante sorriso, affermò che avrebbe sistemato la cosa nel migliore dei modi, egli conosceva bene l'impiegato, disse avrebbe fissato con lui un appuntamento di lì a una settimana.

Tornato alla capanna Antonio ebbe la sorpresa di trovare il fratello, Vincenzo, che anni addietro aveva abbandonato la casa paterna per lavorare come garzone in una masseria distante una decina di chilometri da Moiano.

Era ridotto in uno stato pietoso, i vestiti avevano uno strato traslucido di sudiciume ed erano coperti di pidocchi, tanto che Franca bollì gli indumenti con acqua e sapone per disinfettarli ed uccidere gli animaletti.

Vincenzo non aveva mai avuto un buon rapporto col fratello minore Antonio, era un palese opportunista, quando non riusciva ad ottenere quello che voleva, minacciava di arrivare anche alle mani.

In passato i tentativi di prevaricazione avevano provocato scontri col fratello, che non aveva, neanche lui, un carattere molto diplomatico.

Dopo una settimana Antonio andò all'istituto di previdenza accompagnato da Foschini, l'Istituto aveva la cassa, ed erogava direttamente i compensi o le pensioni, insieme al padre c'erano la moglie ed il fratello.

Il sottufficiale entrò da solo, rimase a parlottare col cassiere per circa 5 minuti, successivamente fece

accomodare il papà di Antonio e coloro che l'avevano accompagnato.
Quando Antonio scorse la cifra sul foglio, da firmare, chiese spiegazioni al cassiere :

> " 35 mila Lire? Avevate fatto il conteggio per 350 mila lire".

Il cassiere stizzito:

> "Macché 350 mila, Avrà capito male, le pare, signor Giardiello, che l'istituto possa sborsare tutti quei soldi? Faccia firmare suo padre e si fidi di me."

Ingoiando amaro e sapendo di dover sottoscrivere per bisogno di quei denari fece firmare il padre e riscosse la somma.
Di ritorno a casa Giorgio, con quella cifra, comprò al figlio una bicicletta, utile per andare al lavoro o in città più agevolmente, al che Vincenzo iniziò a mugugnare.
Nonostante l'evidente dissidio, si fermarono ed acquistarono il ciclo all'unico negozio di biciclette della città, a piazza S. Marco, per l'insistenza del genitore.
Il diverbio con Vincenzo scoppiò una volta a casa dove questi cominciò a maledire il padre e i suoi soldi

> "Se fosse stato per me ci si poteva bruciare in mezzo ai suoi soldi".

Al che Antonio lo invitò a ragionare, ma la discussione degenerò quando Vincenzo corse a prendere una pala per poi lanciarla contro il fratello.

Una, due, tre, quattro volte, mentre Vincenzo continuava a inveire e proiettare la pala contro di lui, d'istinto, Antonio ruppe una bottiglia battendola contro un palo e con questa tagliò la faccia al fratello, dopo essersi avventato contro di esso in un estremo impeto di rabbia.

Usciva molto sangue dalla ferita e gocciolava su giacca e camicia, Vincenzo rimase come pietrificato, Franca nonostante la tensione , senza perdersi d'animo corse a procurarsi uno straccio, il primo che gli capitò nelle mani, e lo premette sul viso del cognato .

Antonio inforcò la bicicletta, lo fece salire sulla canna, ritornò a Latina per portarlo in ospedale, durante il tragitto Vincenzo borbottava, mentre teneva un asciugamano insanguinato sulla faccia, ma il fratello cercò di rimanere calmo per evitare un nuovo litigio.

In ospedale, un "questurino", alla vista dell'asciugamano pieno di sangue, chiese a Vincenzo cosa fosse successo

"Niente, sono andato a sbattere contro il vetro di una finestra ."

"Sbattere? A che pensavi, non l'avevi vista? Sicuro che mi dici la verità?"

disse, con forte accento da borgata romana, il poliziotto.

Vincenzo, continuando a premersi sul viso lo straccio lo guardò di sbieco, mugugnando annuì :

" Sicuro, sicuro..."

Dopo circa 10 minuti i medici, ricucirono il volto

incuranti delle urla, tamponando la ferita con ovatta abbondantemente intrisa nell'alcool, infine applicarono garza e cerotto.

Successivamente al litigio,Vincenzo costruì una seconda capanna a circa 300 metri da quella del fratello, sulla propria particella di terreno, e contemporaneamente iniziò a cercarsi una moglie.

La sua età era prossima ai 35 anni, e rischiava passare per uno "zitellone" , molti vicini e conoscenti si resero disponibili al ruolo di sensali per procurargli una compagna.

Dopo un paio di mesi gli presentarono una ragazza piccolina e scura di carnagione di un paesino in provincia di Frosinone, figlia di un allevatore, con la quale convolò a nozze dopo circa 6 mesi.

Capitolo 7°

Franca, su indicazione di Antonio, voleva mostrare riconoscenza al sottufficiale Foschini, dopo 4 o 5 giorni si recò a casa, dalla moglie, e portò tre pagnotte di pane, un dolce rustico e una dozzina di uova .

Salì con difficoltà le scale, aveva il pancione ed era in attesa del secondo figlio, erano passati 7 anni da quando aveva partorito Gino.

Notò un notevole trambusto sulle scale, degli operai trasportavano mobili, lampadari, meravigliosi abat-jour e una grossa radio di legno luccicante, nuova di zecca .

Il mobilio veniva portato nell'appartamento del militare, la moglie dava direttive agli operai con la voce che tradiva incontenibile allegria.

Non appena vista Franca il volto della donna si rabbuiò per un attimo, lasciando trasparire che il momento era inopportuno.

Franca, capita al volo l'antifona, lasciò il cesto con le regalie, poi, con una scusa cercò di andare via prima possibile, nonostante la padrona di casa, con frasi di circostanza, le dicesse di rimanere.

Tornata a casa mise al corrente Antonio della strana accoglienza :

> " Mi ha mandato via come se avesse qualcosa da nascondere".

Quella notte, rimuginando all'episodio rimasero svegli a lungo, avvertivano di essere stati fregati da quel sottufficiale con la complicità del cassiere .

La pensione mensile del genitore era di 9 mila e 900

lire, per Antonio quei soldi non erano affar suo, doveva gestirli il padre, anche se il resto della famiglia viveva nella fame più nera.

Il vecchio, per cieco egoismo, non mise mai a disposizione quel denaro per alleviare lo stato di estremo disagio e povertà dei suoi familiari.

Quando Giorgio andava a ritirare la pensione era accompagnato da Franca che doveva dare 100 lire di resto al cassiere che pagava la pensione.

Il suocero intascava il largo foglio rosso delle 10.000 lire e, una volta arrivato alla capanna di nascosto, le metteva al "sicuro" in un piccolo vano ricavato all'interno della parete di cannucce, luogo sconosciuto ad Antonio e alla moglie, e mese dopo mese aggiungeva la grossa banconota al gruzzolo, avvolgendola sulle altre.

Malgrado la povertà e i numerosi problemi che questa comportava non mancavano gli avvenimenti lieti: nasceva il secondo bambino, i genitori decisero di chiamarlo Lorenzo, come il fratello di Antonio che faceva il bersagliere, scomparso durante la guerra d'Abissinia.

Quello di Lorenzo era stato un matrimonio infelice, non andava d'accordo con la moglie, essa faceva polemica su tutto, se il marito diceva bianco per lei era nero.

La pazza spesso accendeva diverbi a squarciagola, poi, letteralmente fuori di testa, spaccava i piatti sbattendoli sul pavimento, poi arrivava a gettare suppellettili dal balcone.

Lorenzo era incapace di reagire in maniera adeguata, non ricorreva a qualche sonoro ceffone, come era in uso a quei tempi nel rapporto di coppia, e "per non compromettersi" era andato a lavorare nelle colonie italiane in Africa.

Trasportava materiale per le imprese di costruzione con i muli, ma mentre in Somalia il colonialismo edificava per i cittadini Italiani che cercavano fortuna, Badoglio, su ordine del governo, scatenava la guerra d'Abissinia.

Lorenzo non tornò affatto a casa, fu richiamato nei "regi bersaglieri"ed inviato al fronte allo scoppio del conflitto coloniale , rimase sconosciuta la sua sorte, dopo che si era arrampicato su una altura, con un piccolo manipolo di commilitoni in avanscoperta.

Qualcuno aveva malignato, dopo la scomparsa del fratello, ipotizzando una tresca su Antonio e la cognata, le chiacchiere, amplificate dalla parentela acquisita arrivarono alle orecchie della sposina.

Il giorno del suo matrimonio con Franca, si scatenò una furiosa scenata, tra i tre.

Il gruzzolo di Giorgio cresceva, ma egli dimenticava troppe cose, per una patologia, allora ancora poco conosciuta, chiamata Morbo di Alzheimer.

Antonio e Franca si resero conto il padre aveva problemi psichici quando cercò di uccidere il piccolo Lorenzo, neonato, mentre piangeva a squarciagola, la giustificazione del vecchio fu:

> "La giovenca ha partorito e dovevo ammazzare il vitello per non farlo soffrire perché strillava troppo"

Da circa 3 anni Giorgio era stato attaccato dalla malattia, si era ormai quasi completamente estraniato dalla realtà, Antonio, con molta riluttanza, convinto dalla moglie, lasciò che Franca cercasse il piccolo tesoro nascosto dal padre, a conti fatti doveva essere di alcune centinaia di migliaia di lire.

La ricerca durò un paio di giorni durante i quali Franca rovistò ogni cosa all'interno della capanna, arresa alla disperazione aveva il viso inondato dal pianto, finalmente li trovò nel piccolo ripostiglio creato da suocero.

Fu un'amara sorpresa scoprire che quelle banconote erano letteralmente ammuffite e incollate una sull'altra, erano state troppo tempo a contatto con l'umidità, La donna uscì dalla capanna, sconsolata e con grosse lacrime sulle guance, pensava alla fame fatta, quando avevano un piccolo tesoro in casa.

In preda alla rabbia buttò il malloppo informe nel fuoco.

Altri fastidi attendevano quella famiglia, che pareva attirarsi problemi a non finire.

Quando morì il padre, Antonio, oltre al dispiacere della perdita, subì anche una grave umiliazione: il carro funebre dovette passare in un angusto e fangoso passaggio, le ruote dell'auto slittando proiettarono melma sul seguito del corteo funebre, anche la tonaca del prete subì la stessa sorte, facendolo imprecare.

Infatti Terenzio non appena saputo della morte del vecchio aveva montato due cancelli sulla stradina, all'imbocco e all'uscita sulla strada principale, ed era stato irremovibile

> " O' carro funebre non pò passà per la strada dritta"

che astutamente egli si era riservato,

> "dove passa 'o muorto si piglia 'o Juss"

il passaggio assegnato ad Antonio era una stradina a gomito, fangosa, molto scomoda, sul bordo di un canale di bonifica, quando venne stipulato l'atto, il notaio e i geometri che fecero il frazionamento, pilotati da Terenzio, ignorarono, volutamente, la normativa sui fondi interclusi.

Ma non erano finite le loro pene: un paio di mesi dopo il funerale , una notte, Antonio si risvegliò tossendo forte, in gola l'acre sapore del fumo, nelle orecchie il crepitare delle canne arse, in un attimo si rese conto che la capanna stava bruciando, svegliò la moglie, il figlio più grande e prese in braccio il figlioletto di pochi mesi.

Scapparono dalla capanna in mutande, riuscendo a prendere poche cose, in tutta fretta per sfuggire alle fiamme, quando arrivarono ai mobili di ciliegio, costruiti da un falegname al paese, costati enormi sacrifici, il fuoco si levò a un'altezza incredibile.

I pochi polli che erano in un recinto a una decina di metri dalla capanna, vennero cotti vivi dall'enorme calore.

Antonio imprecava e bestemmiava non riuscendo a capacitarsi di come ciò fosse potuto accadere, tra le ipotesi che lui fece, pensò che fosse opera di Terenzio.

L'enorme bagliore fu visto a più di 4-5 chilometri di distanza, tanta gente, la maggior parte proveniente da Latina, si incamminò per andare a vedere cos'erano quelle fiamme altissime.

Nel giro di una mezz'ora arrivarono decine di persone su quell'appezzamento di terreno con le ceneri ancora fumanti della capanna, alla vista di quella folla, la povera famiglia non sapeva dove nascondersi erano rimasti tutti seminudi, e cercavano rifugio nei canali circostanti.

La gente che giungeva guardava per alcuni minuti il mucchio di cenere, poi qualcuno si avvicinava dove c'erano i polli, tolta la crosta bruciata staccavano pezzi di carne per ingurgitarli, complice la fame, che attanagliava serpeggiante e silenziosa la maggior parte della gente di città.

All'alba, vicino ai resti, ancora fumanti, della capanna giunse un carro con due buoi maremmani, erano i fratelli Salin che, non scorgendo corpi carbonizzati in mezzo ai resti delle travature bruciate, scrutavano tutt'intorno cercando di capire dove fossero i Bepi della Capanna.

D'un tratto Antonio usci dal suo nascondiglio dicendo alla moglie di rimanere lì, in mutande e canottiera si avvicinò ai due e si accorse che, vedendolo in quello stato, dai loro occhi sgorgavano gocce di pianto silenziose, si commosse e gli si riempirono gli occhi di lacrime, li abbracciò entrambi piangendo come un bambino.

Capitolo 8°

I fratelli Salin erano una famiglia molto numerosa, il padre si era risposato dopo aver perso la prima moglie, e in totale, da tutte e due le donne, aveva avuto una ventina di figli, numero incredibile oggi.

All'epoca erano normali famiglie che avevano più di sette, otto figli, fino a poco prima della guerra il regime aveva fornito notevole incentivo in denaro per incrementare la popolazione italiana, tassando invece coloro che non li avevano o non si sposavano.

Erano molto cattolici, quasi al limite del bigottismo, nei fratelli più anziani la fede ispirava un forte senso di solidarietà verso il vicinato, mentre i giovani di questa famiglia si allineavano all'incirca sul pensiero degli altri coloni riguardo ai neo immigrati.

I Salin, in seguito all'incendio, organizzarono una questua, per la sfortunata famiglia Giardiello, presso tutti gli appoderamenti nel raggio di una decina di chilometri.

Per un maggiore e proficuo impatto sulle coscienze dei coloni portarono pure il figlio più grande, Gino, che aveva solo un paio di pantaloncini corti ed era annerito dalla fuliggine, Franca prima di farlo salire sul carro con i vicini, bagnò una pezza, nel secchio vicino al pozzo e gli pulì con questa, il volto, le braccia e le gambe.

Iniziarono vicino casa, e arrivarono fino ai borghi più lontani da Latina, e in ogni famiglia che veniva visitata il racconto, fatto dai Salin, dell'incendio della capanna provocava grande commozione.

Generalmente le famiglie donavano dalle 50 alle 100 lire, qualcuno dava pane, vino o insaccati leggermente rancidi dell'anno prima.

Provvidenzialmente uno degli zii di Gianni che era in procinto di andare in Sud America con moglie e figli, cedette ad Antonio temporaneamente il suo appartamento annesso al casale, dove alloggiava Gianni con i genitori.

Il piccolo locale aveva entrata autonoma rispetto al resto del casale, ma Sara stava male sapendo che era quasi gomito a gomito con i "marocchini", a dire la verità mal sopportava chiunque, per il suo pessimo carattere, tant'è che Ernesto, il cognato era dovuto letteralmente scappare in America per i continui litigi e le legnate che si erano dati lui e Sara, che quando ci si metteva, era come un uomo nel menare le mani, qualche volta, l'aveva rincorso con la forca in mano.

Ernesto per espatriare con tutti i suoi si era fatto dare circa 150 mila lire di buonuscita sulla sua parte, di circa 7 ettari dai Salin pagando la differenza di 120 mila lire all'ex Opera Nazionale Combattenti avrebbero acquistato l'appezzamento.

Capitolo 9°

Le becere dimostrazioni di forza e i battibecchi continui di Sara erano all'ordine del giorno, Ernesto e consorte, subissati dalle angherie della cognata decisero di emigrare in Sud America a cercare fortuna.

Non valeva la pena soffrire gli stenti e la fame per via dei grami raccolti e al contempo litigare con la cognata sempre più violenta e incontenibile.

Sapevano bene che quello a cui Sara ambiva era il dominio sull'intero podere, il possesso a cui lei mirava per certi versi era simile a quello sessuale.

Ernesto, assillato dalle manie della cognata una sera andò a parlare coi confinanti Salin.

Chiese loro la buonuscita per la sua parte di podere , sarebbe servita alle spese di viaggio, per se e tutta la famiglia, in tutto circa centocinquantamila lire.

I Salin subodorarono l'affare, in fondo erano circa 7 ettari di terreno quelli che sarebbero toccati a Ernesto, tutti prospicienti la loro proprietà che sarebbe diventata di circa 30 ettari.

Amilcare Salin aveva 24 figli avuti da 2 mogli diverse, quindi il loro futuro di agricoltori sarebbe stato assicurato grazie al notevole ampliamento della proprietà.

I 12 fratelli avuti dalla prima moglie avevano acquistato poco dopo la guerra 20 ettari con casale, così si sarebbero sistemati anche i figli di secondo letto del vecchio Amilcare Salin che cercavano di progredire ampliando la loro tenuta, essi stavano ancora nel podere assegnato nel 1932 ubicato al confine coi Fasser.

Avevano iniziato da poco l'attività di frutticoltori con

pesche e susine, allora abbastanza redditizia.

La coltivazione del frutteto, la raccolta, la piantagione dei foraggi e granaglie, la coltivazione di un immenso orto per le necessità alimentari della grande famiglia Salin, unito all'impegno fisso della stalla, dove trovavano posto una trentina di bestie, la diceva lunga sulla loro intraprendenza.

I Salin, a fronte del duro lavoro, vivevano abbastanza agiatamente e avevano già comprato un Fiat 25R, il trattore rimaneva un sogno per quasi tutti gli altri agricoltori, costretti a chiamare i contoterzisti non solo per l'aratura dei campi ma anche per i lavori di erpicatura e rullatura, pochi ancora usavano le vacche o i buoi per i lavori, ma il risultato non era ottimale.

Arcangelo il più vecchio della seconda "infornata" dei Salin, aveva ascoltato pazientemente Ernesto Fasser, dopo aver guardato in viso i fratelli, tutti a tavolo nel cucinone del casale, proferì verso l'ospite

" ' Spetta 'na scianta"

Si alzò, da capotavola, e salì al piano superiore, al ritorno aveva un quaderno a quadretti di prima elementare in una mano e diecimila lire nell'altra, si sedette di nuovo.

Guardò in faccia uno per uno tutti i fratelli, i quali annuirono leggermente e quasi impercettibilmente col capo, con voce grossa, che rimbombò nell'ampio stanzone con pochi mobili :

"Rebecca, porta il vin e i gotti"

Venti o trenta secondi dopo apparve la moglie di

Arcangelo, una brocca piena di Clintòn con 7-8 bicchieri e il figlio maggiore che portava un'altra brocca con altri bicchieri.

Tracciò poche parole sul quaderno con ampollose "a" ricciolute, che avevano il sapore di altri tempi, in pratica era un impegno per i Salin e costituiva anche ricevuta dei soldi dati a Ernesto, poi scrisse la seconda copia e firmarono entrambi.

Preso il grosso foglio da diecimila, Ernesto lo piegò in 4 e lo ripose nella tasca della giacca

> "Mi raccomando dovrete prendere possesso del terreno dopo che io sarò andato via, non voglio più litigare con quel demonio di mia cognata"

Arcangelo rispose:

> "Tranquillo conosciamo la bestia"

Tra i due scoppio una risata incontenibile, che contagiò tutti i presenti, si prolungò per qualche minuto rasentando la demenzialità, perché non appena smettevano qualcuno di loro di nuovo iniziava a ridere incontenibilmente trascinando i rimanenti, i visi, con le barbe da fare, bui per il duro lavoro dei campi, risultavano gradevolmente ravvivati dall'esplosione di ilarità .

Erano d'accordo che entro una settimana sarebbero andati a formalizzare tutto dal notaio in città, vicino Piazza San Marco.

Tutto andò secondo quanto previsto e firmarono davanti al notaio, ora i fratelli Salin avrebbero dovuto pagare solo il riscatto all'ex ONC, poi la proprietà sarebbe diventata la loro.

Sara contenta della partenza di Ernesto già pregustava il possesso del terreno del cognato non immaginava affatto i problemi in arrivo.

Ernesto con moglie e i suoi tre figli, prepararono un paio di grosse valige di cartone marrone gran parte dell'abbigliamento contenuto erano vestiti sdruciti e lo erano anche alcune coperte riposte all'interno.

La partenza era prevista dal porto di Napoli, vennero accompagnati alla stazione di Latina Scalo da un taxi, una 600 multipla.

Sara,detta anche "la rossa" per la capigliatura fulva si meravigliò che i cognati avessero la possibilità della spesa del tassì, restò pensosa, mani ai fianchi, dopo che i parenti in partenza la salutarono.

Capitolo 10°

Il passaggio davanti casale dei Fasser, era l'unica via di accesso al fondo che avevano trattato e praticamente acquistato.

Arcangelo, pochi giorni dopo la partenza di Ernesto e famiglia, sul fiammante trattore acquistato mesi prima con il fratello minore Gaudenzio, che aveva cresimato Gianni, passarono con la barra falciante e il rimorchio davanti al naso di Sara, salutandola, lei li seguì sbalordita con lo sguardo.

Il donnone, col viso che non lasciava presagire nulla di buono, prese la bicicletta e li seguì fino a che, dopo circa mezzo chilometro di strada, il trattore si fermò per sganciare il rimorchio e iniziare a tagliare l'erba con l'attrezzo applicato al mezzo.

"Cossa i ghe xè drio fare?"

Esordì Sara con tono spazientito,
Arcangelo sollevò gli occhi verso l'alto mormorando al fratello

"Desso scominsia, ocio"

La rossa, pettoruta valchiria insistette:

"Cossa xea 'sta storia"

" Noialtri gavemo fatto l'atto con tuo cognato"

Mostrando alcuni fogli rilegati

" Cossa xei sti tocchi de carta del casso? Me pulisco il culo!! Sta qua xela proprietà dei Fasser, fora dae bale"

Fece per afferrare il documento, ma prontamente Arcangelo lo ritrasse.

"Femena, noialtri gavemo pagà skei a Ernesto, la proprietà la xè nostra adesso"

Senza proferire parola l'ossessa si parò avanti ad Arcangelo, ripiegò il braccio come per dargli un manrovescio con le sue grandi mani callose .
Gaudenzio spazientito, con forza diede uno spintone a Sara mandandola a ruzzolare, giù per il leggero declivio che lì assumeva il terreno.

"Ahhh, Arturo, Gianni... i me copa"

Arturo e Gianni non si erano ancora accorti della bagarre che si era creata con i vicini, ma non appena udita strillare la donna accorsero nel giro di cinque minuti.
Poco dopo era rissa!!
Sara e Gianni si erano avventati sui due Salin.
Gaudenzio proferì quasi con un filo di voce mentre il ragazzo allungava le mani per agguantarlo:

"Desgrassià a te go anca Cresimà"

Gianni prese un energico ceffone e ne fu sbattuto a

terra, Sara veniva tenuta per le braccia da Arcangelo e nonostante questo cercava di tirargli un calcio ai genitali.

Gaudenzio quasi pentito allungò una mano per rizzare Gianni e questo, fulmineamente, gli morse con forza anulare e mignolo, fino a sentire scricchiolare le ossa, trattenendo le falangi tra i denti per almeno un paio di minuti stringendo ancora più forte.

Gianni si rialzò, aveva sulla bocca il sangue fuoriuscito dalla ferita che aveva procurato alla mano di Gaudenzio.

L'uomo urlava per il dolore fu così che tutti si fermarono, Arturo scoppiò in un pianto dirotto, fino ad allora aveva assistito pietrificato alla lotta incapace di qualsiasi azione .

In tutta fretta Arcangelo riagganciò il leggero rimorchio al trattore, aiutò Gaudenzio a salire, strinse un fazzoletto non molto pulito alla mano del fratello.

Nel partire disse :

"Non star a preoccuparte xe vedemo in tribunale"

Il vocione rauco della donna esplose

"Viaaaa!!! fora dai cojoni, mangia merda!!!"

I due fratelli si diressero all'ospedale, inizialmente i medici, nel vedere la mano, pensarono che si fosse fatto male mettendo l'arto in qualche macchinario.

Quando i Salin spiegarono bene cosa era successo i sanitari fecero un cenno a un poliziotto li vicino e costui fece ripetere la storia verbalizzando il tutto.

Allora la denuncia partiva in automatico, appena ne fossero venute a conoscenza le forze dell'ordine, o la magistratura, non serviva la querela di parte.

Le due dita erano abbastanza malconce e i medici dissero da subito che probabilmente la funzionalità dell'anulare era compromessa per il notevole schiacciamento dei tendini e dell'articolazione.

Passarono alcuni mesi e dopo interrogatori ed indagini della Pubblica Sicurezza iniziò il processo.

Sara si presentò al processo con un vestito bianco con grandi motivi floreali, i radi capelli rossicci sistemati alla meglio sotto al foulard in tinta nonostante il lieve ingentilimento della figura, destava timore se non altro per la corporatura massiccia e l'altezza al di sopra della media.

Presiedeva il giudice Michele Esposito, alto poco meno di 1 e 60, emaciato, calvo alla sommità del capo, sotto al riporto trasversale acconciato con l'ausilio di brillantina e composto da pochi, lunghi capelli, si intravedeva la lucida pelle biancastra della sommità del cranio, l'espressione perennemente adirata ed inquisitoria.

" Silenzio, che cos'è sto pollaio"

pronunciò il magistrato, stridente e acido come una vecchia zitella.

"Sara Mattiussi in Fasser"

"Presente, sior giudice"

"Signor non sior, cos'è sta novità"

"La mi scusi ma mi parlò cussì; el xe il mio dialetto"

" Vabbuò, ho capito, andiamo avanti"

Trascorse qualche secondo ed il giudice pronunciò la formula di rito.

" Consapevole della responsabilità davanti a Dio, se credente, ed agli uomini, giurate di dire tutta la verità null'altro che la verità? dica lo giuro"

"Lo giuro"

· La frase pronunciata dal giudice venne ripetuta anche per Gianni, ed egli prestò giuramento.

" Arcangelo e Gaudenzio Salin"

Gracchiò di nuovo.

"Presenti, sior giudice"

" Dalli!! vabbuò non voglio commentare andiamo avanti, voi due siete la parte offesa"

Il giudice ripeté la formula ed i due risposero quasi all'unisuono

" Lo giuro"

"Avanti signori Salin raccontatemi i fatti"

Arcangelo rispose

“Noialtri gavemo contrattà con Ernesto Fasser, la cessione della sua quota, davanti al Notaio Brighenti di Latina, ma la Sara col fiolo Gianni, quando siamo entrati nel fondo ci hanno aggrediti procurando la ferita alla mano di mio fratello col risultato che ora il dito anulare non può piu piegarlo”

L’avvocato Pietrocarlo legale dei Salin prese la cartella clinica ed altre scartoffie, quasi bisbigliò posandole davanti al giudice

“Il danno c’è stato sia economico che fisico troverà tutto qui, comunque noi siamo orientati per la cifra di 300 mila lire, considerato che i miei assistiti non vogliono più accedere a quel fondo per evitare altre aggressioni”

Il giudice squadrò fissamente l’avvocato, che tradì un poco di disagio a quell’occhiata.

“Signora Mattiussi in Fasser qual è la sua versione?”

In mezzo al pubblico si udì una voce sussurrare:

“ Ma è la famiglia Mattiussi che, piantò la siepe per dividere la cucina?”

Un’altra voce:

“ Erano gli zii”

Si udì per un attimo una isterica risata collettiva.

“ Caspita!! Siete in tribunale e non all'osteria, ho detto silenzio, vi faccio uscire, smettetela!!”

Stridette il giudice battendo ripetutamente il martelletto di legno.

“Avanti signora, ci dica”

“ Quella xela proprietà dei Fasser noialtri, gavemo un capitale, el xe nostro, e bisogna pur difendere il nostro capitale”

“Quindi lei non contesta l’aggressione commessa ai danni dei suoi vicini?”

L’avvocato Quattrini, onde evitare maggiori danni che potevano procurare le dichiarazioni della sua cliente, si intromise:

“Ehmmm, ehmm, noi ci dichiariamo innocenti”

“Avvocato, vabbuò andiamo oltre, ma si metta d'accordo con la sua cliente”

Aggiunse con sarcasmo il giudice.

“Ha qualcosa da aggiungere a sua discolpa signora Mattiussi in Fasser? “

“Noialtri gavemo difeso la proprietà e questa non può essere una colpa”

Rispose Sara in un impeto di cieca rabbia alterando, il tono della voce.

“Quello che sta dicendo è di una gravità inaudita, forse non se ne rende conto.”

“Comunque chiediamo le attenuanti generiche, signor giudice e, se possibile, un rinvio”

Intervenne, intempestivamente l’avvocato Quattrini.

“ Pubblico ministero e avvocato Pietrocarlo?”

Annuirono entrambi.

“Va bene ci rivedremo tra 3 mesi, la seduta è tolta”.

Tre mesi trascorsero in un attimo, durante i quali il giudice diede un’occhiata ai documenti e concluse:

“Niente testimoni e comunque mi pare evidente la colpevolezza di Sara Mattiussi in Fasser e Gianni Fasser, considerando sia il danno fisico che quello patrimoniale, viene accordata la richiesta della parte lesa, gli imputati vengono condannati a risarcire la parte offesa con 300 mila lire, inoltre gli imputati vengono condannati a 6 mesi con la condizionale"

Lo sbigottimento sul viso di Sara si trasformò in rabbia, il suo volto appariva demoniaco, come la maschera di Belfagor.
Tra lo stupore dei presenti, la donna di alzò la gonna fino alle mutande, lasciando vedere delle cosce enormi piene di efelidi.

"Sior giudice c'ho delle belle gambe e ancora posso soddisfare più di qualcuno, non me ne frega della sua condanna "

Dalla sala si sollevò un mormorìo imbarazzato, alcuni guardarono con concupiscenza quelle cosce esposte, era uno spettacolo infrequente vedere in pubblico le gambe di una donna fino alle mutande

"Carabinieri cacciate fuori questa svergognata"

Due pennacchiuti gendarmi si avvicinarono a Sara, costringendola con forza ad abbassare la gonna, la misero sottobraccio e la portarono all'esterno.

E mentre veniva trascinata fuori Sara, il giudice strepitò con tanta veemenza che la frase risultò interrotta da un respiro profondo, che parve un singulto:

"Oggi mi sento magnanimo, ma se continua le do altri 6 mesi e la spedisco al carcere a Via Aspromonte"

Capitolo 11°

I figli della prima moglie di Amilcare Salin, proseguivano con la questua in aiuto alla famiglia Giardiello, ma per coprire tutta l'area scelta ci volevano mesi.

Per la famiglia Salin gli impegni della loro fattoria erano molteplici, l'avevano appena comprata mentre l'altro podere, avuto dall'O.N.C. l'avevano lasciato ai Salin più giovani al confine coi Fasser e la gestione della stalla occupava una grossa fetta della giornata.

Girare per le campagne con un carro trainato da buoi in quelle strade polverose richiedeva quasi lo stesso tempo che andare a piedi, le strade asfaltate erano pochissime e quasi tutte nella città.

Antonio e famiglia si erano stabiliti dai Fasser in una stanza angusta che era stata di Ernesto e i suoi, qualche giorno dopo l'incendio della capanna.

Alcuni mesi passarono relativamente tranquilli, poi Sara iniziò le prime sonore litigate, spesso faceva scenate a Franca allo scopo rendere la permanenza precaria e conflittuale, secondo lei gli scomodi ospiti erano un ostacolo al suo disegno di appropriarsi completamente del podere.

Il padre di Gianni, Arturo, non metteva lingua nell'operato della moglie, anzi spesso la istigava ad aggredire, verbalmente e fisicamente.

Altra vittima di Sara anche il cognato, Gaspare, lo stesso che aveva portato Antonio dal sottufficiale Foschini, infatti anch'egli fu costretto ad andarsene dalla casa paterna, e si stabilì sui Colli Albani con la famiglia per lo stress asfissiante indotto da Sara.

Il figliolo maggiore di Antonio, Gino, aveva circa 5 anni, mentre giocava venne prese per mano da Sara, e condotto nel locale dove c'erano le botti e a bassa voce,

> "Gino, Gino! Ti faccio assaggiare una cosa buonissima"

Il bambino si alzò, la raggiunse e rispose con la vocina squillante:

> "Dimmi zia Sara"

Aggiunse "zia" come le aveva insegnato la madre e il padre per una forma di rispetto verso i "grandi".

> "Ti siedi un attimino qui? Ti voglio far assaggiare questo vino fragolino… senti quanto è buono."

> "Zia, non mi piace il vino"

> "Senti quanto è dolce, come il miele"

Alla fine, dopo molte insistenze, un po' anche per curiosità, Gino accetto di bere un bel bicchiere di quel vino frizzantino e dolce, spillato direttamente dalla botte

> "Bevi, bevi un altro bicchiere, piccolino"

Sara aspettò gli effetti di quei due bicchieri, dopo circa 10 minuti il bambino parlava con la "lingua impastata" da ubriaco.

"Zia Sara, mi gira la testa........"

"Mi dici una cosa Gino, Ginetto bello? È vero che mamma e papà hanno dato fuoco alla capanna per venire a rubare il podere ai Fassèr? Dimmelo, dimmi di si"

" Zia non so che vuol dire questo che mi chiedi "

"Dimmi di si, dimmi è vero che vi volete fregare la nostra proprietà?"

incalzò Sara

".... Non lo so.... Forse... zia,"

replicò il piccolo.
Fu allora che Sara prese Gino e lo trascinò per un braccio fuori strillando raucamente in veneto

"Franca, vien fora."

"Sara, che c'è da urlare?"

replicò Franca allarmata da quell'ossessa.

"Gino è vero che i tuoi genitori hanno bruciato la capanna per rubare il podere a noi?"

"S.i, s.i z..ia S..ara"

“Puttana che gli hai fatto? L'hai ubriacato?”

Franca fece per avventarglisi contro.
Una mano la trattenne da dietro, era Antonio

“Mo' m’hai rutt o' cazz”

che avvinghiò una sua mano sotto la mascella del donnone, che teneva ancora Gino per un braccio.
Sara dopo aver bestemmiato, urlò

“ Mi fai male!!”

Antonio strinse in una morsa il volto della donna che lo sovrastava nettamente di almeno una decina di centimetri.

“Ahhh!!! Basta!!!”

esplose Sara, che mollò il braccio del bambino.
Gianni, Arturo, e la figlia Tecla ; che stavano venendo dalla campagna, non appena vista la scena, accorsero verso Antonio e Sara.

“Che succede?”

Urlò allarmato Arturo

“Succede che questa scrofa ha fatto ubriacare mio figlio per fargli dire che io e mia moglie abbiamo bruciato la capanna, rischiando di morire, per rubare la terra e la casa alla vostra famiglia...”

Allentò la stretta ferrea e spinse all'indietro Sara contro una porta in legno che era dietro di lei, la spinta e il peso della donna la scardinarono.

Capitolo 12°

Arturo sibilò

"Adesso l'hai fatta grossa, io stavo con le camicie nere ..."

"Lo so"

rispose Antonio afferrando una zappa affilata che era là vicino, Gianni, Arturo e Tecla sbiancarono pensando a quello che avrebbe potuto fare la zappa alle loro teste

"Ma è anche vero che qualcuno te l'ha fatta mangiare veramente la camicia della Milizia quando c'è stato l'armistizio, "

ribadì Antonio alzando a mezz'aria la zappa con un ghigno.

"Come lo sai? Chi te lo ha raccontato?"

Ancor più pallido, quasi terreo con un filo di voce Arturo.

"Lo so e basta"

con un tono che non ammetteva repliche

" Se tu, o quell'uomo mancato di tua moglie, continuate con queste scemenze , ve la prendete con Franca e mio figlio non rispondo più delle mie azioni,"

e brandì minacciosamente la zappa.
Poi tacque per un momento, e in quell'attimo pareva che le parole da lui proferite rimbombassero ancora nell'aria.

> "State tranquilli tra qualche settimana togliamo l'incomodo, hai la mia parola, lo sai, per me è sacra".

In effetti Arturo aveva conosciuto ben poche persone che ci tenessero alla parola data come il suo "intrattabile" vicino.
Sara si rialzò dolorante e massaggiandosi la mandibola, senza proferire parola si allontanò, appena girato l'angolo della casa, bisbigliò "Marocchini" e sputò, con disprezzo, a terra.
Tre settimane dopo, finita la questua, i fratelli Salin avevano raccolto quasi 30 mila lire, anzi, avevano fatto di meglio, con quei soldi avevano acquistato una casetta completamente in legno di larice, con uno sgangherato camion l'avevano portata sulla proprietà di Antonio.
La sera quando tornò dal lavoro e vide armeggiare sul suo terreno diverse persone, andò a vedere che cosa stessero combinando.
I Salin stavano scaricando travi, tavole, pannelli e lamiere di copertura della piccola abitazione.
Si commosse, abbracciò e ringraziò i due fratelli, l'indomani Antonio,Vincenzo, Beppe Manin, un vicino che aveva battezzato il secondo figlio di Antonio e un paio dei fratelli Salin, gettarono il basamento in cemento della casetta, rialzato dal terreno adiacente almeno una cinquantina di centimetri, per evitare l'umidità.

Agli angoli e lungo i lati della piattaforma in cemento, furono piantati una quindicina di grossi pali di larice, poi delimitarono il tutto con delle tavole inchiodate ai pali.

All'interno del basamento inserirono un po' di tutto: pezzi di tufo, mattoni, calcinacci, generosamente offerti dai vicini .

Impastare il cemento a mano era una lavoro improbo, si doveva prima mischiare " a secco" la sabbia e il breccione, occorreva praticare una buca al centro del mucchio ove versare l'acqua, poi rigirare l'impasto con la pala almeno due volte.

Quasi all'esterno della piattaforma vennero inseriti nel cemento fresco e messi a piombo i pali che avrebbero costituito l'ossatura cui collegare le tavole e i pannelli delle pareti.

Dopo un paio di giorni di lavoro terminata la piattaforma iniziarono a mettere tavole per costruire le pareti.

Anche Gianni e Arturo apparentemente dimenticando gli screzi, diedero una mano, accelerando la costruzione della casetta per mandare via, prima possibile, dal suo casale gli scomodi ospiti.

In 15 giorni fu terminata la piccola costruzione in legno dagli improvvisati volontari, in quegli anni non mancava mai l'aiuto per i mille lavori dei campi, bastava solo parlarne, i confinanti si offrivano subito, poi a tempo debito si ricambiava, dalla semina, alla trebbiatura, alla pulizia dei fossi o a zappare i filari di vigna.

Si lavorava spalla a spalla e aiutandosi l'un l'altro, oggi un simile altruismo sarebbe impensabile, c'è troppo egoismo parola quasi, sconosciuta a quella generazione che era passata attraverso la guerra e la fame.

Franca cercò di abbellire quella improvvisata dimora come una casa vera, per quanto possibile dalle ristrettezze economiche.

All'interno un unico ambiente, suddiviso al centro da una grande tenda, i servizi igienici erano situati all'esterno, consistevano in un locale piccolo sempre costruito con tavole di legno, fuori dall'abitazione, ma Antonio, moglie e figli avrebbero continuato a fare i bisogni in mezzo alla vigna che avevano piantato, per evitare di intasare il piccolo pozzo nero.

Il bagno all'esterno era una regola anche nei "modernissimi" casali costruiti un paio di decenni prima per i contadini dei poderi.

Alle spalle dell'abitazione di fortuna praticamente adiacente una stalla per poter ospitare otto vacche, la cessione del latte avrebbe fornito una fonte di guadagno extra, sempre che i parenti alla ricerca di sostegno alimentare ne avessero lasciato da vendere.

Vista l'avarizia di quei terreni di impasto pesante, il proibitivo costi dei fertilizzanti, e il non disporre di un impianto d'irrigazione per poter mettere su una proficua coltivazione di ortaggi, Arturo, Gianni , Florido Manin, uno dei fratelli di Beppe Manin, continuavano nello scavare pozzi.

Per loro era l'unica fonte certa di reddito, ogni tanto gli dava una mano il maggiore dei figli di Florido, Toni detto "il matto" per piccole manie e comportamenti strani.

Una notte, verso le due, con un complice, cercò di rubare le cipolle nel terreni di Antonio appena scavate e comodamente ammucchiate, ma Jack un grosso cane rossiccio, appena visti i due estranei, gli si avventò

addosso , facendo, ai due, i pantaloni a brandelli.
Il trambusto fu udito all'interno dell'abitazione, Franca allarmata bisbigliò al marito:

> "Corri fuori, và a vedere che succede, c'è qualcuno, Jack abbaia furiosamente".

L'uomo gettò le coperte di lato e dopo aver afferrato un corto, nodoso, bastone, nell'altra mano il lume a petrolio, uscì con circospezione, la luna piena lasciava intravedere qualcosa, erano delle figure in lontananza, che correvano inseguite dal cane che abbaiava furiosamente.
Dopo circa una mezz'oretta il cane tornò dal padrone scodinzolante e latrando affettuosamente, apparentemente soddisfatto per il "lavoro" svolto, a tratti si girava verso la direzione dalla quale era provenuto, abbaiando.
L'indomani mattina, verso le sei, Antonio notò nei campi brandelli di stoffa e alcuni sacchi di juta abbandonati.
Attese che venissero Florido e gli altri per caricare gli attrezzi sulle biciclette e andare al lavoro
Dopo circa un'oretta si presentò anche "il matto" con i pantaloni completamente stracciati e intuendo così chi era stato a fare visita quella notte, per rubare le cipolle, Antonio chiese :

> "Che hai fatto ai pantaloni ?"

Il matto rispose :

> "Niente, lo sai che ieri sera quando sono

andato a casa ho messo un piede male e sono caduto nelle spine"

" Uhmm"

Disse Antonio mettendo tra pollice e indice il mento, strinse gli occhi, che per un attimo impercettibile diventarono una sottile fessura, poi sogghignando gettò un'occhiata distratta ai brandelli di pantaloni che erano ancora in mezzo ai campi.

Capitolo 13°

"Il Capitano" era un' altro inconsapevole truffato da Terenzio, il soprannome gli era stato affibbiato per la sua carriera nell'esercito,

Questo tizio aveva una famiglia abbastanza numerosa, comprò circa 4 ettari di terreno, con lui c'era anche il figlio maggiore, appena sposato, che acquistò altri 3 ettari di terreno.

Per Terenzio gli immancabili, circostanti coloni che si improvvisavano mediatori, gli avvocati e notai, che attendevano come avvoltoi era una vera e propria manna.

L'importo della mediazione su quell'appezzamento fu molto cospicua vista l'entità della superficie interessata.

Una volta acquistato il terreno e versata al contadino del fondo la buonuscita, il "Capitano" con i soldi rimasti iniziò a costruire una casa per la propria famiglia.

Fatte le fondazioni e terminati i muri, non bastarono più i soldi per terminare l'abitazione e coprirla con un solaio degno di questo nome.

Il Capitano con l'ausilio di improvvisati muratori poggiarono sui muri una "camera a canne" consistente in un cannicciato intonacato.

Venne posto a mo di tetto a 2 falde, tra muri perimetrali e tramezzi interni, ovviamente l'artificio non era adatto a proteggere come un vero solaio, ma generalmente utilizzato solo per controsoffitti, infine per impermeabilizzare posero sopra le canne fogli di cartone catramato .

Circa 6 mesi dopo, la moglie e i figli vennero ad abitare nella nuova casa ed era a fine estate e "Il

Capitano" improvvisò una festicciola, per il termine dei lavori della casa.

Tra gli invitati alcuni vicini, Terenzio la moglie e i figli, compreso Iris la figlia maggiore, i genitori volevano darla in sposa a Gianni allo scopo di unire le proprietà.

Tra il vociare confuso, le urla e le corse dei bambini, Iris scambiava occhiate di concupiscenza con il secondo dei figli del "Capitano", Marco un giovane di circa 1 metro e 65, mascella volitiva, capelli castano rossicci, ed eternamente stampata sul viso una smorfia sarcastica di superiorità .

Era notevolmente più basso di Gianni di una ventina di centimetri, Marco era molto sveglio, per la sua età e aveva quella praticità e intraprendenza che in qualche caso ci voleva con le donne come Iris.

Era attratto dalle "curve" strabordanti della ragazza, in linea con la moda degli anni 50 e 60, figure molto lontane da quelle dalle anoressiche modelle degli anni 2000.

Iris, pur bassa e tarchiata, aveva labbra molto carnose e sensuali, il seno era un balcone prosperoso, queste caratteristiche erano un'attrazione irresistibile per Marco.

Dopo essersi guardati con intensità, Iris uscì dalla casa con non chalance .

Il poco mangiare era compensato dalle libagioni abbondanti, e se il vino sapeva di spunto d'aceto, non ci faceva caso nessuno, lo si trangugiava avidamente.

Il vociare confuso di una ventina di persone era molto pesante da sopportare per Marco, che usci' dall'abitazione.

Aveva da qualche mese terminato il servizio di leva,

lui con Iris si erano scambiati lettere infiammate dalla passione, dell'esistenza delle quali erano a conoscenza anche i relativi genitori.

Da parte della famiglia del Capitano erano molto, ma molto scettici nei riguardi della ragazza, per la cattiva nomea della famiglia.

Lo scopo di Marco, in quel frangente, con la libido mai satolla dei venti anni, era di avere un "tete a tete" approfondito con Iris, da possedere ad ogni costo, in spregio alle sue provocazioni.

Non appena uscì si sentì chiamare da Iris, che era dietro un cespuglio di saggina situato a un centinaio di metri dalla casa.

Appena il ragazzo si avvicino' gradasso e strafottente, Iris appoggiò le sue bollenti labbra su quelle del coetaneo che ricambiò con impeto tipico dell'età, lasciandolo di stucco per qualche attimo.

Dall'interno della casa provenivano urla di bambini e risate di ubriachi, Marco ne approfittò e allungò una mano tra le cosce della ragazza, ormai volontariamente alla sua mercé.

Annaspò sul suo ruvido pube senza biancheria intima, per un attimo interminabile, fece una smorfia, che sul suo viso si trasformò in piacevole sorpresa, quando affondò le tozze dita nella sua intimità.

Rudemente e con impazienza le si buttò addosso, emettendo un suono che assomigliava a un leggero grugnito, alzando quanto bastava la lunga gonna da contadina, e poi allargandole le gambe con impazienza, fecero l'amore con l'irruenza tipica della giovane età , durante l'atto, al ragazzo ritorno' in mente un tentativo veloce di possederla, avvenuto settimane prima, in cui Iris era stata deflorata.

Il pensiero gli balenò per poco meno di un minuto nella mente, tempo pari alla durata della sua "prestazione".

Immediatamente dopo Marco si ricompose, abbottonandosi i pantaloni, e mentre si accendeva una sigaretta, scrutò intorno con circospezione per controllare se qualcuno li avesse visti, mentre Iris lo guardava trasognante.

La ragazza aveva intensamente desiderato, per il fugace coito, un contatto di maggiore durata, e che dopo lui fosse rimasto un po' vicino, o almeno l'avesse carezzata sul viso o sui capelli.

Per un attimo guardò Marco, con occhi lucidi e concupiscenti, quel rapido sfregamento aveva svegliato in lei la voglia di essere ancora posseduta, lui ridacchiando aggiunse:

" T'è piaciuto eh?"

Provocando un tremito di freddo nella ragazza, che nonostante tutto abbozzò un sorriso.

Marco rimase a fumare, mentre Iris rientrò in casa, lì trovò Terenzio che scherniva "il Capitano" per come era costruita in maniera approssimativa quella casa, suscitandone l'ira e facendosi così mandare a quel paese.

Vista la mala parata Terenzio e Carla cercarono di guadagnare l'uscita, cogliendo al volo l'occasione che la più piccola delle bambine, affetta da una brutta tosse, stesse piangendo.

Terenzio uscì dalla casa dei vicini borbottando, pieno di livore per la discussione, ritornando alla propria abitazione era seguito dalla numerosa famiglia in fila indiana.

Quasi una settimana trascorse, e di notte, una pioggia torrenziale inzuppò la camera a canne, nonostante i fogli di carta catramata, questa si appesantì crollando rovinosamente sui malcapitati sottostanti, per loro fortuna, senza conseguenze gravi.

Terenzio non nascose la propria soddisfazione per l'accaduto, accentuata da grandi risate, criticando con chiunque passasse davanti casa, l'inavvedutezza del Capitano e della moglie nel fare quel "lavoraccio" "sperando che potesse passarci il maltempo sopra senza conseguenze" .

Qualche mese dopo, il Capitano morì nel proprio letto probabilmente per scompensi della circolazione sanguigna, aveva la pressione alta e una recidiva di tubercolosi contratta durante la guerra scarsamente curata, ormai la malattia si era diffusa in tutto il corpo.

Al funerale svolto l'indomani parteciparono tutti i vicini compreso Terenzio con i suoi figli, Antonio, la moglie con i suoceri e cognati, Nicola e alcune famiglie di coloni veneti .

La tradizione al loro paese voleva che per una settimana, a casa del morto, non si potesse cucinare e, ad Antonietta, la moglie del deceduto veniva portato pranzo e cena dai vicini a rotazione.

Quando fu il turno di Carla si fece aiutare da Iris a portare il cibo cucinato, arrivati a casa del "Capitano" la ragazza scambiò occhiate intense con Marco, tanto che rimaneva imbambolata nell'apparecchiare o sparecchiare la tavola.

Capitolo 14°

Dopo circa un mese, Iris stava pascolando le vacche la mattina di buon'ora, in un terreno di loro proprietà, a poca distanza c'era la sorella minore Rosetta.

La ragazzina giocherellava e raccoglieva fiori, di tanto in tanto quando trovava qualche tenera pianta di scaccialepre la mangiava per calmare la fame, la mattina la madre mandava i figli nei campi senza aver fatto colazione.

Ad un tratto nell'aria fresca del mattino si udì un lungo, modulato fischio, dopo qualche secondo Iris disse alla sorella di badare alle vacche e che si sarebbe allontanata per fare un bisogno.

In effetti si allontanò verso un piccolo boschetto di eucalipti, piantati come fascia frangivento all'epoca della bonifica, poi si era allargato naturalmente per la caduta dei semi con la nascita di giovani piante, gli alberi australiani convivevano con bassi cespugli di biancospini e rade piante di mirto, piante selvatiche di rose bianche con le loro spine si abbarbicavano ai cespugli stessi.

Antonio emise uno sbadiglio sull'uscio della capanna, poi la sua attenzione fu catturata da un repentino, sussultorio, continuo e inequivocabile movimento di due corpi, che facevano l'amore, in piedi e avvinghiati, non riuscendo a ancora capire di cosa si trattasse, esclamò dallo stupore

"Ma che si muove laggiù?"

Erano distanti, ma strizzando di più gli occhi

Antonio scorse due persone in mezzo ai cespugli :

"Ma chi cazz...?"

Quando si staccarono e fu conscio che una delle due persone era una donna e l'altro un uomo, che poi si allontanò nella direzione opposta, scoppiò in una fragorosa risata, udita anche da Iris, e alzando la voce:

"Aggio Capito!!".

La ragazza, che fino a quel momento ignorava la presenza del suo vicino, non appena lo scorse si infiammò in viso, iniziando a correre scalza, scompostamente, sul terreno arato dal padre con i buoi qualche settimana prima.
Si allontanò per tornare dove aveva lasciato Rosetta e le sue mucche al pascolo.
Gli incontri clandestini continuarono per circa sei-sette mesi, allora si diventava maggiorenni a 21 anni ma anche dopo tale età, specialmente la donna, era soggetta al volere dei genitori, usuale che il padre e la madre disponessero dei figli a piacimento, non era raro che scegliessero mogli o mariti per i figli .
I genitori di Iris speravano sempre di darla in sposa a Gianni, ma quest'ultimo non ne voleva sapere nulla di quella "marocchina" tarchiata e bassa.
Il ragazzo nel frattempo aveva iniziato una relazione con una avvenente vedova di una quindicina d'anni più grande , alla quale anche Arturo aveva fatto spietatamente la corte, fino a farla cedere infilandosi così nel suo letto.
Iris non lo prendeva neanche in considerazione essendo

ormai stracotta per Marco e per quei loro fugaci, intimi, innominabili incontri.

Il coito interrotto praticato dal ragazzo non aveva portato, fino ad allora, alcuna gravidanza indesiderata, ma un eventuale matrimonio non poteva procrastinarsi oltre, era il parere condiviso da entrambi, Iris cercò così di accennarlo alla madre.

Carla non appena udito il nome del pretendente della figlia le proibì di vederlo, e una volta che il padre lo seppe, la chiuse in uno stanzino per un alcuni giorni, costringendo la ragazza a fare addirittura i bisogni in un vaso da notte, che la madre vuotava la mattina.

La manodopera nei campi era indispensabile, Terenzio dopo alcuni giorni di segregazione dovette liberare la figlia per farle a condurre a pascolo le vacche, Rosetta aveva contratto la varicella.

Iris dalla stalla, guidò gli animali per portarli al pascolo, se così si può chiamare un po' di rada gramigna.

Marco che da casa sua vedeva benissimo il pascolo, esplose in un :

"Vaffanculo!!! vecchio bastardo, finalmente l'hai fatta uscire, mo vedi che ti combino!!"

Corse dalla ragazza e la strinse così forte che le fece esclamare :

"Ahi mi fai male!".

L'abbraccio fu lungo e interminabile ed egli la baciava dappertutto, non gli pareva vero di averla li, a portata di mano.

Si guardavano stupiti, estasiati e in silenzio, D'un tratto

il ragazzo azzardò

“Scappiamo..”

E lei

“Sei matto..Dove?”

“Che t'importa ogni posto è buono l'importante è volersi bene.”

Questa visione romantica prima tentò, poi convinse Iris , alla fine cedette e si allontanarono in direzione sud a piedi velocemente, quasi di corsa.
Andandosene, il ragazzo urtò la spalla di Beppe Manin, che si trovava sulla suo percorso, Marco quasi gridò:

“ Affanculo tutti quanti, ce ne jammo”

Beppe sgranando gli occhi, li scrutò fissamente e scosse leggermente il capo, come per disapprovare qualcosa che avrebbe voluto capire, poi li osservò allontanarsi.
Un paio d'ore dopo Terenzio era di ritorno verso casa per il pranzo, aveva arato con i buoi dall’alba, vide gli animali che aveva affidato alla figlia, al pascolo senza alcun controllo, che invadevano il terreno confinante, guardò in giro ma non vide la ragazza.
A passo svelto si diresse verso casa e appena giunto spalancò con rabbia la porta d'ingresso.

“Tua figlia si è scimunita”

rivolgendosi a Carla.

"Eh? Ma di quale figlia parli?".

"Iris, quella pazza ha lasciato le bestie al pascolo da sole, sono andate nella proprietà dei Manin a fare danno, ma adesso mi sente, vedrai se mi sente".

" Ma non è tornata ancora a casa"

Obiettò Carla.

"Ma che cazzo diciii?"

Urlò spazientito Terenzio.
Corsero entrambi fino al pascolo dov'erano le mucche, erano ridicoli mentre correvano, Carla era bassa, grassa e con un seno enorme, che oscillava vistosamente durante la corsa, mentre Terenzio aveva un gran pancione, indossava una camicia in origine bianca e un gilet di fustagno talmente unti che luccicavano, completava l'abbigliamento un cappello sdrucito in testa.

" Iris, Iris"

gridarono quasi all'unisuono più volte, girovagando intorno alle vacche al pascolo.
Beppe, che stava ripulendo un fosso dai rovi, con zappa e roncola, a circa 300 metri non appena udite le grida si avvicinò ai due coniugi che ormai urlavano disperati.

“Terenzio, te cerchi to fiola?”

disse in dialetto veneto usualmente da lui parlato.

“La go vista che la xe andà via con Marco”.

Carla esplose :

“ me l'ha rubata quel figlio di puttana”.

“Sei sicuro? lei lo seguiva e non mi pareva costretta”

Rispose Beppe.

Capitolo 15°

I due “fuggiaschi” avevano fatto circa 6 o 7 chilometri a piedi, si dirigevano verso il territorio di Sabaudia.

Marco cercò ospitalità per la notte in una delle “Migliara”, che tracciano tutt'ora il territorio dell'Agro Pontino perpendicolarmente rispetto all'Appia a partire dal 41esimo miglio da Roma con cadenza di mezzo miglio una dall'altra.

Il ragazzo, con un bel po' di faccia tosta chiese accoglienza, in un casale di contadini che provenivano dalla Ciociaria, precisamente dalla zona di Cassino, e che avevano acquistato da poco quella proprietà.

Dovettero attendere che finissero di “governare” le bestie nella stalla, poi vennero invitati a mangiare qualcosa insieme agli altri.

Si sfogarono raccontando dei mille ostacoli posti dai genitori di Iris, mentre loro avrebbero voluto convolare a giuste nozze, ormai l'unica via di uscita, era di fuggire insieme e imporre ai genitori di entrambi un matrimonio forzato , senza ulteriori indugi.

Dopo un'oretta di conversazione, finita la cena, un ragazzino mostrò loro uno locale poco distante, dove avrebbero passato la notte.

All'interno c'erano sacchi di granaglie ammucchiati ordinatamente, il ragazzino uscì, dopo aver lanciato un’occhiata furba e ammiccante ai due chiuse la porta, costituita da grosse assi di legno tarlate e marcescenti, Marco si sdraiò su quella moltitudine di sacchi, e battendo la mano sulla juta, invitò anche la ragazza a fare altrettanto.

L’odore intenso del grano, dell’orzo e della biada

essiccati pervadeva l'ambiente misto a quello emesso dalla tela di juta, ma dopo pochi minuti vi si abituarono.

Parlarono di molte cose: di quello che era accaduto, e di come ognuno di loro, vedeva il proprio futuro insieme all'altro e fu così che passarono almeno un paio d'ore del loro tempo.

Si erano fatte le 22 e non si sentivano altri rumori se non il cantare di qualche merlo nelle vicinanze, o radi muggiti di vacche dalla stalla vicina, il sonno sicuramente era l'ultimo dei loro pensieri, fecero l'amore almeno tre o quattro volte quella notte.

A casa dei due ragazzi, nel frattempo, era successo un mezzo finimondo, Terenzio e la moglie si erano recati dalla madre di Marco e avevano inscenato, per lungo tempo una piazzata incredibile con urla, strepiti, ingiurie, bestemmie e pianti.

I fratelli e la madre del ragazzo, inizialmente stupefatti per l'accaduto davanti a quella enorme quantità di frasi offensive, stavano per andare fuori di testa anche loro, ma cercavano di stare tranquilli per evitare una furiosa rissa.

A un certo punto arrivò il maggiore dei fratelli, Salvo, con incedere da guappo, spazientito da tutta quella cagnara, mollò un ceffone a mano aperta a Terenzio facendolo letteralmente crollare al suolo.

Quasi contemporaneamente Lucia, la moglie di Salvo, afferrò Carla per i capelli e dopo averla fatta ciondolare a destra e sinistra, mentre la poveretta strillava a più non posso, allentò la presa e la mandò a sbattere contro un eucalipto capitozzato che stava li, nel cortile.

Malconci, si rialzarono barcollando, mentre Antonietta li incalzava

" Se non era puttana tua figlia non avrebbe accettato di scappare, non gli fai mettere neanche le mutande a quella svergognata, l'ho guardata quando si sedeva, col triang olo di pelo in bella vista".

Li incalzò Salvo:

"Non vi fate più vedere sennò vi aggiusto per le feste"

agitando minacciosamente la mano destra, dall'alto verso il basso, a mo di piccola mannaia.
Il resto dei fratelli e sorelle si avvicinarono minacciosi.
Umiliati, Terenzio e la moglie ritornarono verso casa, Carla piangeva singhiozzando, per la fuga della figlia, e per le botte.
I due fidanzati dopo aver vagabondato per una settimana , fecero ritorno e andarono dritti a casa dei genitori di Iris.
La madre li rimproverò aspramente, sbattendo un frustino, che il marito usava quando arava coi buoi, contro la porta d'ingresso, quasi come se volesse fustigare i due "rei".
Ma in cuor suo si rallegrò per il ritorno a casa dei due, e quando arrivò Terenzio a casa assestò un bel ceffone sulle paffute guance di Iris:

"Ci hai fatto penare, disgraziata, puttana!!Te ne sei andato con questo"

proseguì

"Che non è neanche figlio al padre, mentre noi

ti vogliamo bene, avevamo altri progetti per te”.

“ Che state dicendo?”

sbigottito, cantilenò nel dialetto della frazione di Moiano dalla quale proveniva

“Voi mi state offendendo in modo grave”.

Marco digrignò i denti e strinse entrambi i pugni sollevandoli leggermente, al che Iris si frappose tra il ragazzo ed il padre, cercando di calmarlo.

“Sedetevi e mangiate qualcosa, sicuramente in questa settimana passata non avrete mangiato granché”

bofonchiò il vecchio, guardando fissamente il pavimento, come per riflettere su qualcosa.
Carla in tutta fretta apparecchiò la tavola, con l'aiuto di Rosetta, chiamando a raccolta anche gli altri figli, per la cena.
Vennero messi a tavola fagioli lessati con cotiche di prosciutto leggermente rancide, vino clintòn in una caraffa di vetro, salame, e lardo del porco ammazzato l'anno precedente, e il solito immancabile pane casareccio mal lievitato fatto da Carla, Franca aveva smesso, da quando era andata bruciata la capanna, di essere “fornitrice”, Antonio aveva fatto costruire un forno vicino alla propria abitazione.

“Che dicevate, che ne sapete voi su mia madre,

e di chi sono figlio io?"

sussurrò portando il capo in avanti e fissando negli occhi con insistenza il vecchio.

"Tua madre ti ha concepito con Michele "o camorrista"

"Chi?"

proferì l'incredulo ragazzo con un filo di voce

"Te lo ricordi quello che faceva la borsa nera al paese, durante la guerra? Ebbene tua madre andava a letto con lui durante le lunghe assenze di tuo padre per le guerre coloniali e poi c'era la carriera militare, esercitazioni, parate..."

Fece un sospirone, guardando fissamente il bicchiere con un dito di vino, e proseguì

" ... tu sei il risultato di questa relazione adulterina"

alzò il bicchiere e trangugiò quel poco di vino.
Con mille pensieri che gli martellavano le tempie, Marco fissò il vuoto per pochi interminabili minuti.
Poi esplose, battendo i pugni sul tavolo sobbalzarono piatti, stoviglie e presenti

"Noo, non è possibile mia madre..... non può essere..."

un urlo soffocato che gelò il sangue ai presenti e tutti abbassarono gli occhi, quasi si vergognassero ad incrociare gli sguardi.

Capitolo 16°

Salvo e Marco lavoravano entrambi presso un magazzino dove i contadini della provincia conferivano i cereali, fu lì che si incontrarono per la prima volta dopo il ritorno dalla "fuga".

Era un lavoro pesante, dovevano caricare i camion con sacchi da cento chilogrammi sulle spalle, ed era così per 9 o 10 ore al giorno.

Il proprietario del magazzino, molto giovane aveva lavorato per il Consorzio Agricolo, portandosi via il portafoglio clienti di contadini e proprietari di latifondi, aveva messo su l'attività in proprio .

Gli operai andavano a caricare i sacchi di frumento e di mais in campagna subito dopo la trebbiatura, o anche a distanza di mesi, nei grandi deposito di alcuni grossi proprietari terrieri.

Il mattino che Marco rientrò al lavoro, il principale mandò i due fratelli e un autista a caricare circa duecento sacchi di frumento in un grosso latifondo di un nobile decaduto, non molto distante dalla stazione dei treni.

Fino ad allora Salvo aveva fissato il fratello silenziosamente, e questi non aveva fatto altro che sfuggirne lo sguardo.

Scesero dal camion una volta arrivati a destinazione, e mentre l'autista faceva manovra, i due fratelli si avviarono verso il magazzino dove erano stipate le granaglie.

Una volta entrati Salvo sbottò :

"Non sei tornato affatto a casa, da quando sei

rientrato”.

“ Non mi ci rivedrete più a casa di tua madre”.

“ Non fare il cretino”

aggiunse con durezza Salvo

“ Mamma sta in pena per te”.

“ Ti ho detto che non ci torno”

“ Ma che ti è successo, che cazzo ti hanno raccontato?”

“ Che vuoi che mi raccontino, la verità, la pura e semplice verità”.........

“ Di che verità vai cianciando”

“ Tu lo dovresti sapere, che sei il più grande, tu l'hai vista quando lo faceva, magari”

“Ehhhh, che vuoi dire?”

“ Tua madre ha fatto la puttana”

Aggiunse, dopo un singhiozzo di pianto

“ Io sono il figlio di una puttana”.

La vista di Salvo si annebbiò, per un attimo interminabile vide un velo rosso, poi, una gragnuola di pugni si abbattè inesorabile sul volto dello sventurato fratello, e questi rovinò impietosamente a terra.

L'autista, che nel frattempo aveva terminato la manovra, col fattore del latifondo accorsero.

"Che succede?"

Esclamò l'autista

"Niente, scherzavamo"

"Macché scherzo, gli hai menato per davvero, occhio che il padrone licenzia te e lui"

Aggiunse l'autista, con accento ferrarese, indicando col mento Marco.
Salvo scrollò le spalle e si allontanò per iniziare a caricare i sacchi, anche il fratello che nel frattempo si era rialzato si avvicinò per iniziare il lavoro.

Caricavano , imbufaliti, correndo a testa bassa come forsennati, con tutta la rabbia che avevano in corpo, per l'intera giornata, mentre andavano su e giù dal camion salendo sopra delle robuste assi di legno, finché il carico non fu completato.

Al ritorno a casa, verso le 8 di sera, Lucia ascoltò dal marito l'accaduto, il racconto le scatenò una collera che non riusciva quasi a dominare, poi col marito si recarono dalla suocera per descrivere quanto accaduto.

Prima di andare chiamarono a raccolta tutti i fratelli, le sorelle e il cognato, dicendo che dovevano sapere una cosa importante.

Poi a casa di Antonietta, Salvo li ragguagliò sull'accaduto, nell'udire le parole dette la mattina da

Marco, furono presi da un furore incontenibile, che si amplificava al solo ripetere di nuovo quelle frasi.

Il sordo rancore li portò alla determinazione che bisognava farla pagare a Marco e sterminare quella famiglia di diffamatori.

Lucia partì alla testa di quel corteo composto da una quindicina di persone armati di nodosi randelli che a ogni passo venivano battuti sui lastroni di pietra calcarea con i quali era stata costruita la strada, producendo un rumore sordo che era udibile ad un chilometro circa di distanza.

E quel battito cupo faceva accrescere la loro furia.

Giunti, dopo qualche minuto, innanzi all'abitazione di Terenzio, i randelli venivano battuti con maggiore intensità, come a volerlo evocare li, davanti a loro.

Dall'interno della casa si affacciò Carla per udire meglio quello strano rumore, inizialmente un ticchettio fastidioso, poi ritmico e persistente come un rullare di tamburi tribali, si avvicinava.

" Terenzio, corri, ascolta"

L'uomo allarmato si alzò di scatto e tendendo l'orecchio:

" Ma chi cazzo è la fuori, che è sto rumore ?"

"Giuann a patane iesci fore"

Strillò in dialetto Lucia alla testa del corteo.

Lo chiamò così per paragonarlo a un certo Giovanni "Patata", un omone grande e grosso delle loro parti, che dopo aver commesso un omicidio, qualche decennio addietro, ed aver scontato molti anni di galera venne ucciso, per vendetta, dal figlio della vittima.

Capitolo 17°

Antonio e Franca erano all'interno della loro abitazione, più simile a una baracca che ad una casa vera e propria, la donna aveva saputo quella mattina di essere incinta del terzo figlio.

Un vero e proprio incidente di percorso, assolutamente imprevisto.

Antonio era appena stato messo al corrente della notizia, così stavano silenziosamente cenando alla luce del lume a petrolio, udirono in lontananza il battere dei randelli e poi le urla.

Antonio si alzò per andare a vedere quello che succedeva, e la moglie:

" Che sarà? Mi raccomando stai attento"

Percorse a passo molto svelto quello stradone sterrato, che conduceva al casale dei Panfili, le grida degli invasati aumentavano, e mentre stavano per fare irruzione, Antonio con voce rauca e ansante per la corsa fatta:

" Fermi, che succede? Che volete fare?".

Lucia replicò :

" Antò, io ti rispetto perché siamo stati vicini di casa al paese, ma adesso tirati da parte, queste non sono cose che ti riguardano".

"Che è successo di così grave? la ci sono dei

guaglioni, volete ammazzarli?"

" Ti ripeto"

Mentre il resto dell'improvvisata truppa rumoreggiava per l'impazienza

" Fatti i cazzi tuoi e vattene, non provare a fermarci o sarà peggio per te"

"Ammazzatemi, ma non mi sposto, se non mi dite cos'è è successo di così grave"

All'interno della casa si udivano pianti e grida.

"Che volete da noi"

Strillò Terenzio

"Hai detto delle infamie sulla nostra famiglia, esci, esciiii!"

Strepitò Lucia.

"Ci sono dei bambini là dentro, volete ammazzarli?"

" Non doveva dirle quelle cose per gettare il fango su mia suocera, e mio cognato che ci ha creduto, è una merda pure lui"

"Lucia, rinunciateci, te lo chiedo per favore".

Salvo a mani nude, con i nerboruti avambracci da scaricatore di porto, oscenamente in mostra, voleva buttare giù la porta e si avvicinò a grandi passi all'uscio del casale, Antonio interponendosi all'entrata della dimora dei Panfili, cercò di bloccarlo, non senza sforzo.

Le lunghe ed estenuanti trattative, durarono qualche ora, gli uomini del gruppo e Lucia, insistevano nel voler fare irruzione nella casa e

"Spaccare quelle teste bacate".

La pazienza e la tenacia di Antonio riuscì a farli desistere dai loro propositi.

" Dimmi un po' una cosa Antò"

Esclamò Lucia una volta calmata la masnada

" Dopo tutto quello che hanno fatto a te, a tuo fratello e, a tuo suocero.....Perchè ..Perchè ci hai fermato? Avresti dovuto aiutarci a togliere di mezzo questa feccia...invece"

" Mi dispiaceva per i bambini"

"Da grandi saranno delle merde come i genitori, la conosci la storia di questa famiglia e lo sai che hanno combinato e Don Ciccio "

" Lo so, lo so, lo hanno sgozzato e tagliato la lingua...."

" E allora? Lo vedi facevamo bene a toglierli

di mezzo è una genìa bastarda..."

" Ma l'ho fatto anche per te, tuo marito, e gli altri tuoi cognati, mi dispiaceva sapervi in galera".

Lo stupore sul viso di Lucia si trasformò, qualche attimo dopo in una lacrima di commozione, e realizzò in un attimo che avevano schivato per poco l'arresto e la successiva galera.

" Ti giuro, non ho mai conosciuto una persona come te, grazie per quello che hai fatto".

Terenzio si era affacciato fuori dalla porta, Carla gli urlò di rientrare, fu allora che Salvo poté sfogare l'ira accumulata, afferrò per il collo il vecchio con la mano sinistra, e con l'altra gli diede un ceffone a mano aperta, tra viso e collo mandandolo a sbattere a terra, quasi a farlo rimbalzare.
Marco che era rimasto in disparte, all'interno della casa dei Panfili fino ad allora, cercò di difendere il vecchio, ma ormai Salvo era una vera e propria furia, colpì anche lui con una gragnuola di pugni e una volta a terra continuò con i calci.
Antonio accorse per bloccare quella furia umana ormai al di fuori di qualsiasi controllo, e dovette faticare abbastanza per fermarlo e calmarlo.
Tornò a casa esausto per lo sforzo, che aveva assunto i connotati di una lotta, nel fermare quella furia, e gli appariva ancora davanti agli occhi il ghigno di Terenzio per nulla riconoscente, dall'averlo salvato da peggiori conseguenze, lo aveva cacciato via e diffidato dal

percorrere “ La strada che conduceva al casale”.

“Antò ma che è successo? Che erano quelle urla?”

“I nuovi parenti dei Panfili, non sono troppo facili da addomesticare, e alla fine Terenzio e il genero Marco sono stati mazziati per bene,…e gli ho pure salvato la pelle, rischiando che se la prendessero pure con me ”.

Capitolo 18°

Un'altra ragione per la quale Terenzio e Carla avevano osteggiato il fidanzamento con Marco, era la segreta speranza che Iris andasse in sposa a Gianni Fassèr, i coniugi Panfili si illudevano così di poter unire le proprietà delle due famiglie.

Favoleggiavano di voler essere invidiati al paese come dei ricchi pascià, in una sorta di riscatto dalla povertà, vissuta fino a pochi anni prima, la loro “immaginaria” proprietà sarebbe dovuta diventare di quasi 30 ettari, pari a 100 moggi nell'unità di misura borbonica usata ancora a Moiano.

In un paio di occasioni, Carla, aveva anche fatto capire a Sara la segreta speranza di dare in sposa Iris a Gianni, ma questa aveva fatto finta di nulla e aveva troncato il discorso, svignandosela, poi, in tutta fretta.

Nello stesso periodo, la famiglia Fassèr, dava lavoro a una vedova, Brunilde, corteggiata da gran parte dei padri di famiglia del vicinato, per la sua notevole avvenenza, alta magra, occhi verdi, e capelli leggermente crespi, al suo ancheggiare, quando passava, suscitava pruriginose pulsioni nei nei maschi del vicinato.

Beppe Manin che era dirimpettaio della proprietà della bella vedova, aveva avuto con lei una relazione, che gli aveva creato non pochi problemi con Amalia, la moglie, si incontravano nei campi, lui di proposito si attardava la sera, quando la moglie rientrava per preparare la cena alla numerosa famiglia.

Brunilde, al podere dei Fasser, dava una mano nella stalla e in casa a Sara, spesso anche nei lavori tipicamente da uomo come vangare l'orto, mondare i cereali dalle erbacce, falciare l'erba per le bestie, accatastare i covoni di grano o aiutare nella trebbiatura .

All'imbrunire di una piovosa sera di febbraio mentre governavano gli animali, Brunilde fece risvegliare l'appetito sessuale di Arturo, assopito dai lunghi anni di matrimonio con Sara.

Si lanciavano entrambi sguardi carichi di libido, era affascinata da quell'uomo che aveva una così spiccata somiglianza con Omar Sharif.

Arturo disse, sfiorandola,

"'ndemo a tor il fien 'nte 'l fienile"

Le sfiorò il braccio e questo donò ad entrambi brividi di piacere ed eccitazione.

Appena dietro al fienile, nel buio Arturo alzò la gonna a Brunilde, quasi sorprendendola piacevolmente alle spalle, la donna fece per ritrarsi, per nulla convinta, lui le spostò le mutande e la penetrò.

La donna si appoggio con le mani alla spondina di una carriola che serviva per portare il fieno alle vacche, inarcando la schiena.

Pochi colpi ben assestati, copularono in fretta, gemendo impercettibilmente, quasi in silenzio, per evitare che Sara li udisse, la giovane rimase insoddisfatta da quel fugace contatto.

Erano osservati e seguiti con lo sguardo da Gianni che se ne stava a debita distanza dietro ad un piccolo gruppo di eucalipti.

Brunilde, aveva un bambino di 10 anni, coabitavano entrambi con la famiglia Fassèr, non aveva ancora una casa, gli scorpori di podere erano stati venduti dai fratelli del marito, uno dei quali era degno compare di Terenzio, a Brunilde rimanevano circa cinque ettari di terreno nudo, senza casa.

La tresca continuò per un annetto, nel frattempo Brunilde era anche rimasta incinta e aveva dovuto ricorrere alle "cure" di un medico che le procurò un aborto clandestino.

Sara sospettava qualcosa, i rapporti col marito si erano molto "diradati", ed una moglie aveva pur diritto alla giusta dose di sesso, il solo sospetto faceva infuriare il donnone, che cercava lo scontro fisico con Brunilde.

La vedova pur debilitata dal recente aborto si rese conto quasi immediatamente delle bellicose intenzioni della moglie del suo amante, e non era per nulla disposta a farsi sottomettere.

Arturo prudentemente cercò di incrementare le prestazioni amorose, con la moglie per allontanare il sospetto incipiente.

Sara aveva palesato con rabbia al marito, il dubbio della relazione, assestandogli un paio di volte, durante furiose discussioni dei ceffoni

" Da rincoglionire pure un morto"

Come diceva lui agli amici, ridendo come un ebete, durante le partite a carte all'osteria "Dal Prete" chiamata anche "Baracchetta".

Per dimenticare la belloccia vedova, infatti si era buttato a testa bassa in solenni libagioni durante le partite di briscola con gli amici e vicini, tra i quali c'erano anche gli immancabili:Antonio Giardiello, Beppe e Florido Manin, Tony il matto, e spesso si portava appresso Gianni.

Non era raro che al termine di serrate partite Arturo, per spirito di rivalsa, desse dello "stronso", a quel figlio che non lo aveva chiamato mai “papà”.

Altro ritrovo oltre la “Baracchetta” per le partite a carte era “Il Grottino”, dove un anziano vignaiolo di Velletri, prima della guerra, aveva aperto un locale, sopra un sotterraneo da lui scavato, “la grotta”, per tenere al fresco il vino, che l'oste faceva arrivare dai Castelli Romani.

Inutile dire che l’allegra congrega prendeva delle sbronze paurose e che quando tornavano a casa in bicicletta qualche volta andavano a finire nei canali che costeggiavano le stradine imbrecciate di allora, fortunatamente di vetture ne circolavano molto poche altrimenti si sarebbe verificata più di una disgrazia.

Capitolo 19°

Gianni, si fece coraggio, intuendo che Arturo aveva rarefatto i "contatti" con la bella vedova, dopo i litigi con Sara, iniziò a corteggiare Brunilde, inizialmente lanciando sguardi penetranti alla donna.

Successivamente l'aveva avvicinata, non visto dai suoi, afferrando la mano della vedova e posandola sui propri genitali.

L'approccio era un po' grossolano, ma eccitava e divertiva la donna, tra i due c'erano 15 anni di differenza, e l'ammaliatrice voleva distrarsi col giovane.

All'improvviso poi, aveva anche baciato focosamente Brunilde, così come aveva visto fare al cinema nel film "Gelosia" dal marchese di Roccaverdina alla sua amante Agrippina.

La notte stessa, riuscì, ad infilarsi nel letto di Brunilde e, tra una carezza e l'altra, nei punti giusti , riuscì a svegliarla, inizialmente sorpresa ma poi sedotta dalla situazione, ebbero una notte di passione sfrenata.

Le cavalcate si susseguirono, silenziosamente, furiose.
Fu una settimana di ardente passione, per il giovane campagnolo, verso le 22 si andava puntualmente ad infilare sotto le lenzuola della tenebrosa vedova.

Non gli pareva vero, a lui che fino ad allora aveva solo praticato le prostitute delle cosiddette case chiuse, durante il servizio militare, o nella casa di tolleranza a Campo Boario.

Durante una di quelle notti, di sapore orgiastico per il giovane, Arturo venne colto da un impellente e "solido" bisogno, in camera c'era il bugliolo in ferro smaltato bianco ma non voleva lasciare "puzza" in casa altrimenti quell'arpia della moglie avrebbe creato discussioni.

Corse fuori dove era situato il bagno a disposizione della casa.

Più che un bagno era uno sgabuzzino angusto costruito in mattoni intonacati, coperto con assi di legno e tegole marsigliesi, dall'orifizio nel pavimento il liquame defluiva direttamente nel pozzo nero che era a lato della concimaia.

Non esistevano, all'interno del bagno, vasche o docce né tanto meno il bidet, del quale se ne sarebbe generalizzato l'uso una ventina di anni dopo.

Di ritorno , mentre ripercorreva al buio pesto il tragitto inverso, Arturo passò vicino alla stanza, sita a piano terra nella stanza, della sua ex- amante, li dove erano stati alloggiati anche i Bepi della Capanna.

Sollevò le nocche, per bussare, e mentre stava per sfiorare la porta tese l'orecchio, per sentire se la donna era sveglia, ad un tratto udì un ansimare di donna che diceva "dai, dai" e un "si", ripetuto ritmicamente da una voce di uomo , la mano tesa per bussare si bloccò e gli cadde lungo il fianco.

Divenne paonazzo per il livore, aveva riconosciuto quella voce, era suo figlio, si allontanò in tutta fretta e prima di infilare il portone di casa proferì una bestemmia e poi bisbigliò rabbiosamente

"Me ga ciavà a femmena"

Sali silenziosamente le scale, a testa china, con mille pensieri nella testa,

“Parchè te ga biastemà?”

Chiese Sara

“Gnente a me so fatto mae a un pìe”

rispose Arturo, sorpreso che fosse sveglia.

Capitolo 20°

Le osterie della zona, erano il palco ideale per Gianni, che, gradasso, ostentava prestazioni sessuali da stallone

"Parchè come gusso mi, no gussa nisuni".

I litri di vini ingurgitati e una leggera insistenza da parte di un certo Tullio Benetti che abitava a circa un chilometro dai Fassèr fecero uscire fuori il nome della "fortunata" amante, anche se già si mormorava in giro chi fosse.

Il Benetti chiacchierava come una vecchia comare, così la voce cominciò a serpeggiare nelle campagne circostanti, e alcune allusioni fatte dalle vicine, suscitarono i sospetti di Sara.

Il donnone andò su tutte le furie per il possibile rapporto tra il figlio e la "garzona", lei pretendeva per il figlio qualcosa di molto, ma molto meglio, che non una vedova troppo facile da sedurre, "marocchina", con un figlio, e che forse era andata a letto anche col marito.

Il controllo sul figlio, ormai ventottenne, divenne incalzante da parte di Sara, i conoscenti, parenti e vicini lo giudicavano da sempre, un amore materno esageratamente morboso, ma lei doveva sapere quanto c'era di vero in quelle dicerie, e poi ci avrebbe pensato, al da farsi.

Ogni volta che sapeva Gianni nei pressi lo seguiva insistentemente, anche di nascosto, per vedere se c'erano "contatti" tra il figlio e Brunilde.

Il ragazzo aveva subodorato i sospetti della madre e ogni qualvolta desiderava incontrare la sua donna cercava degli escamotage per allontanare puerilmente i sospetti.

Usciva con la bicicletta e poi tagliava per i terreni vicini quando la vedova era dal sola al lavoro nei campi, una volta copulato con lei, si allontanava, come un ladro, guardandosi in giro e in tutta fretta, poi faceva un ampio giro per tornare a casa.

Oppure altra occasione per il loro contatto sessuale era quando Gianni si recava ad arare nei campi col trattore alimentato a petrolio lampante, che ormai anche i Fasser avevano acquistato.

La notte andava più tardi nel letto di Brunilde, lo faceva verso mezzanotte, qualche volta si sacrificava, rinunciandoci .

Trascorse qualche settimana, ormai madre e figlio giocavano come il gatto col topo, e una notte verso l'una e mezza la sorella di Gianni, Tecla, dopo aver udito strani rumori, prese il lume a petrolio e andò a controllare al piano terra.

Giù, oltre al cucinone c'era solo la stanza del fratello, si affaccio un attimo, e alla fioca luce ne notò il letto disfatto e vuoto, sull'altro lettino che era stato sistemato lì da quando la vedova aveva iniziato a lavorare dai Fasser, ai piedi del letto di Gianni, c'era il figlio di Brunilde, profondamente addormentato.

Tecla andò fuori per vedere se Gianni fosse al bagno, poi tornò al piano di sopra e svegliò i genitori

" mama nol ghè xe Gianni, zò"

Sara, intontita dal sonno, scosse il capo come una gallina stordita da una bastonata,

"Lo so mi 'ndove xeo quel desgrassià"

Buttò di lato le coperte marrone scuro, e si alzò con gran fruscio di paglia di granturco contenuto nel materasso informe.

Scese scalza velocemente le scale, nonostante la mole, ed andò sul retro, dov'era la stanza di Brunilde, Arturo aveva seguito di corsa la moglie per evitare qualche gesto impulsivo ed irreparabile.

Con una spallata, Sara, abbatté la porta, forse più adatta a un magazzino che ad una abitazione.

Una volta entrata dentro la piccola stanza, Gianni, balzò all'in piedi sorpreso e tremante rimase seminudo, in un angolo della stanza,

"Animae, porseo, salvadego"

bestemmiando ed inveendo contro il figlio, poi rivolta alla donna e puntandole l'indice

" Ti te còpo, brutta troia"

Brunilde per nulla intimorita, anzi combattiva aveva afferrato, uno zoccolo, fatto artigianalmente, in legno di pioppo, pronta a colpire la rivale, se avesse cercato lo scontro fisico.

Il fulvo donnone si scagliò, ma ricevette una sonora "zoccolata" sullo zigomo, e stramazzò a terra.

La vedova urlò, rivolta a Gianni

"Codardo, quando si tratta di scopare sei sempre pronto, contro tua madre me la devo vedere da sola? Va ramengo, baucco"

Sibilò spazientita.
La "gentile" Brunilde era originaria di una zona del sud pontino tra Campania e Ciociarìa, ormai erano più di 15 anni che risiedeva nella zona immediatamente alla periferia di Latina.
Aveva sposato un colono, deceduto poco dopo la guerra, si esprimeva in perfetto dialetto veneto, quello che si parla ancora tutt'oggi nella zona tra la provincia di Padova e quella di Rovigo, magari mischiando qualche parola di vicentino o anche di friulano.
Gianni tentò di darsi un contegno, ma fu preso a male parole anche dal padre.
A testa bassa e con indosso solo mutande e canottiera, rientrò nella sua camera.
Brunilde intanto aveva afferrato una valigia in sottile cartone marrone e cominciò a riempirla con i suoi vestiti, pochi e sdruciti, che erano un'offesa per il suo corpo slanciato e statuario, che nulla aveva da invidiare a quello della Loren.
Arturo tentò di biascicare qualcosa, per calmarla e sdrammatizzare, ma la vedova infuriata:

" Tasi ti… stronso, che a te dago anca a ti"

Erano passati pochi interminabili minuti dall'irruzione di Sara ed ella giaceva ancora a terra, si stava riprendendo pian piano dal colpo ricevuto, ma era se come un treno l'avesse colpita in pieno viso.

"Dio"

E bestemmiò,

"Cossa el me xe successo "

Si cerchiò col pollice e l'indice la fronte.

" Che botta"

Aggiunse.

Intanto Brunilde si era vestita alla bell'e meglio aveva afferrato la valigia e stava andando a prendere il figlioletto nella cameretta di Gianni, appena entrata nella stanza fulminò con un'occhiata l'uomo, che abbassò immediatamente lo sguardo, poi scosse il bambino.

Questo si alzò, insonnolito, e venne trascinato fuori.

Madre e fígliò sparirono nell'oscurità.

Per lunghe settimane non si seppe dove si fosse rifugiata Brunilde.

Gianni la cercava, con la sua fiammante Gilera Giubileo 175 Extra, nera e rosso amaranto, col serbatoio per metà cromato, la moto era un lusso per l'epoca, pur non rinunciando all'apparire la usava con parsimonia.

L'aveva comprata 3 o 4 anni addietro, dopo che era stato in Calabria col padre a scavare pozzi, per dirla tutta c'erano stati anche Florido Manin e Antonio dei "Bepi della Capanna".

I soldi se li erano fatti anticipare praticamente tutti Arturo e Gianni, lasciando con un pugno di mosche Florido ed Antonio partiti successivamente che non videro un soldo, tant'è che per tornare col treno da "laggiù" dovettero praticamente chiedere l'elemosina.

Gianni ormai girava da giorni per le campagne di Borgo Grappa e non disdegnava di rallentare e suonare, fischiare, per poi fare pesanti avancès a qualche bella ragazza.

Aveva sinceramente un gran nostalgia per Brunilde, anzi, di lei gli mancava quasi esclusivamente il contatto sessuale.

Niente, non c'era verso, non riusciva a ritrovarla, e per consolarsi, si dava al corteggiamento di una sua cugina, Clarice, che era venuta in visita da Padova.

La ragazza molto piacente e prosperosa ossessionava Gianni che si dava a un grossolano, guascone, corteggiare, una sera che era nella stalla dopo che la cugina aveva chiesto come si mungevano le vacche, rispose: "inizia da quella"

Si trattava invece di un toro di grossa stazza, il quale una volta sentitosi armeggiare sul membro si infuriò cercando di calpestare la ragazza, il cialtronesco scherzo stava per costare la vita a Clarice, fortunosamente Gianni la trasse per un braccio evitando gravi conseguenze.

Dopo una lunga serie di palpeggiamenti,avvenuti in stalla, o nel fienile, inizialmente respinto, poi riuscì a convincerla.

La possedette con pochi, serrati colpi.

Capitolo 21°

In pieno inverno, un paio di mesi dopo la sparizione, Brunilde di presentò davanti casa dei Fassèr, la mattina alle sei e mezza, c'era il gelo per terra.

"Gianni?"

chiese a Tecla, senza salutare, dopo aver bussato.

" Chi Xea"

chiese Sara affacciandosi dalla finestra del primo piano, ma non potè scorgere chi fosse per un cespuglio che ne impediva la vista, nessuno le rispose, Tecla chinò il capo.

"Gianni.. dove xè … te go dito"

insistette Brunilde.
Impaziente Sara scese le scale, con indosso una leggera vestaglia a fiori, per vedere chi fosse che chiedeva con tanta insistenza del figlio, rimase interdetta nel vedere la donna col figlioletto per mano.
Dopo l'attimo di iniziale stupore, si scatenò la sua rabbia

"Brutta puttana, baldracca che no te si altro, anca el corajo de ritornar, te ghè, porca malora …"

Fece per avventarsi, con le mani protese per afferrarla al collo, ma la sua rivale fu più rapida, raccolse un sasso tondeggiante, grande come un uovo di tacchino, e lo scagliò con forza contro il volto di Sara.

L'effetto fu devastante per Sara, cadde immediatamente all'indietro,con una ferita di 4 o 5 centimetri sulla fronte, da dove sgorgava sangue abbastanza copiosamente.

La vedova si rigirò sprezzante ed andò via, noncurante di Tecla che nel frattempo era scoppiata a singhiozzare, e che inginocchiata, cercava di rianimare la madre.

Il rombo crepitante di una motocicletta si avvicinava, era Gianni che la notte non era tornato affatto dal bighellonare e si ritirava ora a casa.

La fluente, liscia capigliatura, imbrillantinata, un paio di occhiali gialli da motociclista con elastico e il sorriso beffardo di uno che pensa di sapere il fatto proprio, ma il sorriso divenne smorfia quando scorse la madre a terra e la sua amante che stava ancora nel cortile davanti casa.

Mise sul cavalletto la moto e corse a vedere quello che era successo alla madre, dando un'occhiataccia a Brunilde.

Questa per tutta risposta si interpose sulla traiettoria percorsa dal giovane,

" 'Scolta Gianni"

per tutta risposta lui la evitò scostandola per il gomito per proseguire verso la madre ma la sua amante lo afferrò alle spalle costringendolo a voltarsi.

"Cossa votto, no te ghe fatto abbastanza danni?"

"Ti, te ghe fatto danni dongiovanni da

strapazzo"

Abbassando lo sguardo mormorò

"So drio spettar un fiolo….. da ti"

"Ehh"

Esplose Gianni, aggrottando le sopracciglia. sbalordito dalla rivelazione della donna, e qualche secondo dopo, la sua faccia rivelava il leggero sorriso ebete di una persona apparentemente aliena dalla realtà.

"Cossa, cossa"

Urlò con voce rauca Sara appoggiata sul gomito, che nel frattempo si era ripresa, pur avendo sangue parzialmente coagulato sulla fronte, poco al di sotto dell'attaccatura dei capelli.

"Tasi, ti che te ghè fatto la troja col duce, Non ricordito? Nol xè vero che Gianni xe il fiol de Benito?".

Il ragazzo già frastornato dalla rivelazione di avere messo incinta Brunilde, rimase ancora più sconvolto, dopo quest'altra notizia.

In effetti poco dopo la bonifica Mussolini, da solo, era spesso in fugace visita ai poderi della pianura pontina, con la sua poderosa "Bianchi 175 Freccia d'Oro" o con la spider Alfa 8c superleggera.

Il Duce, inizialmente, aveva osteggiato l'attività di Cencelli intento nella faraonica opera, poi, Mussolini;

convinto dai gerarchi ne aveva fatto creatura del Regime, mirabile iniziativa di propaganda.

Alla fine si era invaghito della Bonifica, dell'Agro Pontino, a volte veniva ospitato nei poderi per la notte, capitava che dividesse il letto con le più giovani e belle contadine figlie di coloni.

Veniva dato un riconoscimento in denaro alle famiglie delle "fortunate", anche perché era possibile che le stesse, ospitali contadine, malauguratamente rimanessero gravide.

Brunilde si girò sdegnata e andò via, Gianni la rincorse e l'afferrò per un braccio, lei gli allentò uno schiaffone.

Avrebbe voluto piangere ma non ci riuscì, era incinta e quello che avrebbe voluto come uomo della sua vita, era un bambino, pauroso, vanitoso e arrogante.

In quell'attimo d'incertezza Gianni l'afferrò per la vita e la baciò, Sara lanciò una bestemmia.

Brunilde era fiduciosa ora, sapeva che quel bambinone era irrimediabilmente legato a lei.

Capitolo 22°

Il fatto che stesse per diventare padre, non tratteneva Gianni dal frequentare le scalcinate sale da ballo dell'epoca.

Alle feste familiari e ai matrimoni non mancava di esibirsi in prodezze da ballerino, cercando anche di fare colpo su qualche ragazza, specialmente dopo aver bevuto qualche bicchiere di troppo, che reggeva ottimamente, non rinunciava al "giro di danza" in pista.

Spesso e volentieri si portava appresso la sorella, molto brava anche lei, bella, alta e con un fisico asciutto, quando ballavano suscitavano le invidie di chi li guardava, per la loro abilità e anche per l'indiscutibile bellezza di entrambi.

Fu durante una di queste festicciole che Tecla conobbe un poliziotto , Ciro Maviello.

Ciro oltre ad avere un fascino da bravo ragazzo con occhi chiarissimi e capelli castano chiari quasi biondi, si esprimeva in modo pacato e sommesso, con molta educazione, e quasi non si sentiva il suo accento partenopeo.

Ciro e Tecla fin dal primo ballo, provarono una forte attrazione l'uno per l'altra e si innamorarono, la ragazza fin'ora non aveva avuto grossi amori nella sua vita, si rese conto di aver preso una gran cotta.

Era normale per i Fassèr avere buoni rapporti con la Pubblica Sicurezza (allora la Polizia si chiamava così), e con i Carabinieri, Arturo era stato una Camicia Nera, e molti di coloro che erano stati nella milizia nel dopoguerra vennero nominati dal governo "Guardiacaccia".

Ciro con Tecla si videro per un paio di mesi di seguito, il sabato e la domenica, ai soliti festini.

Nella ragazza, ma anche nell'uomo, cresceva un sentimento prepotentemente cieco e virulento.

Gianni, alle feste dopo aver trangugiato almeno 5 o 6 bicchierini, non è che facesse tanto caso a chi ballava con Tecla, nonostante l'alcool si accorse che quel poliziotto napoletano stava incollato alla sorella, giravano in pista guardandosi negli occhi quasi estasiati.

E la sera stessa all'uscita Gianni le chiese

> "Te ghe ciapà na cotta, par quel polissiotto marocchin? se lo sa mamma te copa".

Tecla scrollò goffamente la testa in segno di diniego.

E il fratello incalzò

> "Ocio"

Dopo un impercettibile singhiozzo dal sentore alcolico di grappa, alzò l'indice per ammonirla con forza.

Il servilismo insito verso le forze dell'ordine perché "potevano sempre essere utili", fece si che Gianni non dicesse nulla, a casa, delle sue impressioni.

Ciro li pose davanti al fatto compiuto, dopo essere risalito all'indirizzo di residenza dei Fasser, si presentò da loro, col suo Guzzi "Zigolo" .

Erano circa le sette di sera di un mercoledì di maggio, quando scelse di palesare le sue intenzioni ai genitori di quella ragazza che gli stava tanto a cuore.

Vedendo il ragazzo in divisa con occhi chiari e capelli quasi biondi, Sara si apettava che come minimo parlasse con accento veneto o friulano.

Il suo viso tradì una smorfia di disgusto quando Ciro col saluto fece percepire un leggero accento napoletano, il poliziotto ne rimase meravigliato non riuscendo a capire cos'era che non andava in lui.

Stupita di quella visita, ma in cuor suo contenta si avvicinò anche Tecla.

Sara notò gli sguardi sorridenti dei 2 ragazzi ed intuì in un attimo che c'era una qualche intesa tra di loro.

Capitolo 23°

L'atmosfera si era molto raffreddata Sara, per servilismo verso le autorità, con frasi di circostanza chiese comunque a Ciro di entrare in casa e lo invitò a rimanere per cena.

Entrarono, oltre alle onnipresenti, appiccicose, fastidiosissime mosche, talmente numerose che a volte lottavano tra di loro, Ciro notò che la puzza di letame era presente anche dentro casa, anzi lì sembrava maggiore e più stantia.

L'olezzo era presente in tutti i cibi che venivano serviti, represse gli insorgenti conati di vomito e mangiò quello che gli misero davanti.

Tutti taciturni, a tavola: Arturo, Gianni, Tecla, e l'ospite, Sara rimase in piedi per mettere in tavola il cibo cucinato: ziti lunghi e scivolosi conditi con sugo leggermente bruciato e scuro, poi un po' di patate lesse tagliate a pezzi condite con olio e sale miste a fagioli, e zampe di pollo bollite come secondo.

Al centro, a fianco della brocca del vino, in un piatto di ferro leggermente oblungo, velato da una leggera patina di ruggine, il salame morbido, grasso e agliaceo della tradizione veneta, tagliato a grosse fette e una piccola forma di pecorino, prodotta dalla stessa Sara col latte delle sue 2 pecore, spaccata e con una leggera muffa verdastra.

Tecla era estasiata e mangiava con gli occhi il suo pretendente, mentre la madre, dopo che si era seduta, di sottecchi li osservava, masticando lentamente.

Dopo un'oretta Ciro si era assuefatto al puzzo di letame, e non sentiva più quell'odore sgradevole e penetrante.

Arturo inizialmente convinto che il rappresentante della legge fosse amico di Gianni.

Cominciò a subodorare la verità, notando gli sguardi languidi e insistenti della figliola, seduta dirimpetto a Ciro, mentre ragionava mentalmente sulla cosa inclinò di poco la testa rimanendo con la bocca impercettibilmente semiaperta, come tentando di capire maggiormente qualcosa che ancora gli sfuggiva.

I bicchieri di vino si susseguirono nelle avide gole di Gianni e Arturo, mentre il poliziotto cercò di bere il meno possibile, anche se ogni volta che assaggiava un goccio di quel vino aspro, il bicchiere veniva prontamente colmato da Sara.

Vuote chiacchiere sul tempo, sulla città e pochi altri argomenti.

Ciro capì che poco o nulla aveva in comune con quella gente, avvertì la repulsione che avevano nei suoi confronti, nonostante l'ottundimento attuato dal vino sulle menti dei Fasser.

Finita la cena e dopo un'altra oretta di parole palesemente di convenevoli il giovane si accommiatò.

Fuori era buio il tempo era passato per i due giovani in un lampo.

Tecla accompagnò Ciro, notando , nell'uscire, un'occhiataccia di sbieco della madre.

Appena fuori la ragazza appoggiò la testa per pochi interminabili secondi, con occhi sognanti al petto del giovane questurino, che con trasporto sfiorò le labbra di Tecla con le proprie.

Un urlo secco e aspro si udì dall'interno della casa :

"Tecla!!"

Rabbrividì il poliziotto e terrorizzò la ragazza, interrompendo il momento magico che stavano vivendo.
Sara, trattenendo a stento una oscena bestemmia, sgarbatamente chiese alla figliola di rientrare in casa.

"Vabbuò"

disse il ragazzo, emettendo un sospirone di delusione

" Non ti preoccupare ci rivedremo presto, sabato al matrimonio dei Roncato non verrete tu e tuo fratello?"

Tecla annuì sorridendo e scappò verso l'uscio, ritornò indietro di corsa verso il giovane, lo baciò con occhi sognanti, fuggì di nuovo ed entrò in casa.
Ciro udì il vocione di Sara che rimproverava la ragazza, scuotendo il capo con due colpi alla pedalina avviò la moto, che esalò fumo biancastro, emettendo lo scampanellare acuto dei motori a 2 tempi delle moto economiche di quegli anni.
Il veicolo si allontanò dal podere dei Fassèr in direzione Latina.
Nel frattempo Sara stava redarguendo minacciosamente la figliola,

" Lasseo stare quel polissiotto marocchin, etto capio?"

Abbassando gli occhi pieni di lacrime Tecla rispose

"Mama, ma mi ghe voio ben a quel toso"

Sara si esprimeva in perfetto dialetto veneto-padovano pur essendo friulana di origine, aveva vissuto gli anni della sua giovinezza a fianco di Arturo e delle Camicie Nere della neonata Littoria qualche decina di anni prima.

> "El xe un marocchin capio? Gnanca per sogno
> ti con eo"

Tecla scoppiò in uno sconsolato pianto a dirotto condito da singulti evidenti che le scuotevano il petto.

Capitolo 24°

Il sabato successivo a casa dei Roncato festa grande per il matrimonio della figliola Irene lo sposo era un giovane sensale, il loro podere era appena fuori l'abitato della giovanissima città di Latina.

La terra era magra e argillosa , non dava abbastanza da vivere.

I Roncato avevano incaricato Silvano, il mediatore e genero che aveva ammorbidito i politici, funzionari e dipendenti del Comune con qualche decina di migliaia di lire "regalati" i quali inclusero la loro proprietà, di una ventina di ettari, nel piano regolatore.

Sarebbe diventata zona residenziale, con la collaborazione di un paio di geometri comunali, che avrebbero facilitato l'approvazione dei progetti.

A mezzogiorno in punto iniziò la cerimonia religiosa nella chiesa di San Marco, Gianni era appena arrivato portando la sorella, seduta di lato come si usava allora, sulla fiammante Gilera tirata a lucido, Arturo e Sara partiti mezz'oretta prima con le biciclette, erano appena giunti davanti alla piazza.

Uomini con scuri vestiti, incravattati, qualcuno con la "coppola", altri, più agiati, col cappello "borsalino", entrarono, donne abbigliate con festosi colori quasi tutte con foulard di seta intonato, un bel po' di bambini accompagnavano gli invitati.

Il vociare confuso dei circa cento partecipanti alla cerimonia, si ammutolì una volta in chiesa.

Terminata la celebrazione gli sposi, entrambi molto smilzi, lui con baffetti radi e sottili lei con le gote di un naturale rosa acceso, subirono il lancio del riso misto a qualche monetina da 5, 10 e 20 lire, poche le 50 lire.

Sorridenti si sfiorarono le guance in un casto bacio, il fotografo presente ne immortalò il momento magico, sulle scale della chiesa.

Ciro si era fatto prestare, dopo aver insistito molto, dal papà, funzionario della Prefettura di Napoli, una Renault Dauphine di colore bluette, stava appoggiato con i glutei alla portiera della vettura, era appena arrivato e stava guardando gli sposi uscire.

Gli si avvicinò Tecla, il ragazzo si rizzò prontamente e la salutò, i due si guardarono fissamente negli occhi per una ventina di secondi, Gianni e i genitori li osservavano dai pressi, il ragazzo sfiorò delicatamente il foulard di seta sui capelli di Tecla, lei timidamente abbassò gli occhi per un momento.

Si stavano accostando delicatamente, senza quasi accorgersene, quando risuonò la voce aspra e sgangherata di Sara :

"Tecla vien qua".

Il momento magico si era rotto.

Nel frattempo il corteo partiva a piedi, in testa i due sposi sorridenti , a circa un chilometro e mezzo c'era il podere dei Roncato, agghindato a festa con fiori ovunque e nastrini di raso all'entrata.

Gli invitati pranzarono all'esterno, lasagne con tagliatelle di primo, poi un rollè di vitello, un pezzo di pollo , e patate.

Le portate non erano molte, in compenso erano abbondanti, vino bianco fresco era sul tavolo in brocche di terracotta.

Qualche scappellotto frenava l'irruenza dei bambini che correvano in mezzo e sotto ai tavoli emettendo urla

e risate squillanti.
Gli uomini svuotavano le brocche di vino, parlando del bestiame di stalla, delle varie tecniche per le arature dei campi, e di trattori, del prezzo del frumento o dell'opportunità di piantare cotone o tabacco, allora colture sperimentali in Agro Pontino, i più arditi si lanciavano in commenti sui film western, e quelli di Totò.

Sara e Arturo verso le sei di pomeriggio si avviarono verso casa con le biciclette, per governare le bestie in stalla, l'uomo era un po' allegrotto, era il risultato delle bevute, ed aveva pianto come un bambino, la commistione tra cerimonie ed alcool producevano su di lui quell'effetto.

Dopo un paio d'ore gli invitati stavano ancora seduti che chiacchieravano, Melchiorre Roncato il papà della sposa, portò un mangiadischi con una decina di "45 giri".

La festa andava riscaldandosi.

I lenti si alternavano ai twist e a ai rock and roll.

Gianni si era scatenato nel ballo, nelle pause ingurgitava grappini, riusciva a reggere benissimo l'alcool, arrivava ad essere ubriaco fradicio ma nessuno lo avrebbe giudicato tale senza averlo visto bere.

Lo si poteva intuire solo dalla voce leggermente diversa e per l'incremento delle smargiassate nel declamare le sue presunte conquiste da scalcinato donnaiolo o la presunzione di essere un trattorista più che esperto.

Le fanfaronate facevano colpo spesso sulle procaci contadinotte presenti alle feste, a cui venivano propinate con noncuranza o che udivano apparentemente con casualità.

Mentre Gianni si beava delle vanterie, Tecla e Ciro, che fino ad allora avevano ballato, talvolta abbracciati ma a debita distanza, si allontanarono verso il buio circostante mentre Ciro fumava, chiacchierando con indifferenza.

L'argomento della conversazione cadde inevitabilmente sul loro amore, che il ragazzo avvertiva osteggiato dai genitori di Tecla

"Che hanno i tuoi contro di me, perchè mai gli sto antipatico? A me sembra di essere stato sempre educato nei loro confronti, anche Gianni appare a volte scostante"

Quindi sbuffò sconsolato

"La xè una tua impression, mi penso che i te vol ben"

Mentì la ragazza

"Bel modo di dimostrarlo, sono sempre freddi, forse il fatto che sono napoletano gli dà fastidio ?"

"No, no"

Rispose Tecla abbassando lo sguardo

"Beh, se è come dici, domani sera vengo da te e chiedo ai tuoi di sposarti"

Sorridente, porse alla ragazza un anellino, filiforme in oro, con una pietruzza rosso acceso.

"Questo è il impegno, ma ti comprerò un anello di fidanzamento vero, questo è un po' striminzito"

La ragazza rimase per un attimo imbambolata e ammutolita da quelle rivelazioni, mai si sarebbe aspettata che il ragazzo avesse chiesto la sua mano ai genitori.

Si rimirò l'anellino al dito per qualche attimo.

"El xè beo"

Ciro si avvicinò alle labbra di Tecla baciandola con ardore, rimasero a pomiciare per circa 10 minuti, l'eccitazione era arrivata al massimo consentito.

D'un tratto il ragazzo prese ad alzare la gonna della donna, ma lei prontamente

"No ti prego, ti voglio fare dono della mia verginità per il matrimonio, è una cosa troppo importante, da regalarti"

Ritornarono nella bagarre della festa, incrociando Gianni che vedendo Tecla e Ciro insieme diede alla sorella un'occhiataccia.

Egli si stava allontanando verso le tenebre seguito a poca distanza da una prosperosa mora.

Capitolo 25°

L'indomani Gianni disse alla madre di aver visto Tecla e Ciro appartati così Sara pose sotto interrogatorio la figliuola, che rispose con tono rabbioso

> "Beh, e allora? el xè vero queo che'el te ga dito Gianni, e lu ga anca capio che nol ve sta ben perché el xe napoetan, stasera el vien perché el me voe sposar"

"Cossa? Sitto matta?"

Sara letteralmente atterrita vedeva realizzarsi quello che mai avrebbe voluto nel futuro dei figli, prima Gianni che aveva messo incinta Brunilde, ora Tecla che veniva chiesta in moglie da quel poliziotto, si sentiva totalmente accerchiata dai "marocchini".

"Gnente polissiotto napoetan, Tecla, etto capio,?"

E aggiunse rabbiosa, con voce tonante:

"Porca malora"

L'imprecazione più usata a parte le frequenti bestemmie.
Un urlo rauco che non ammetteva repliche.
Di nessun tipo.
Tecla a quel grido iniziò a piangere sommessamente, dopo un po' Sara la invitò a tacere alla fine, alterata, le

allentò una sberla mandandola a sbattere con la testa contro il muro.

Ormai singhiozzante e scapigliata la ragazza salì in camera sua.

Rimase fino a sera chiusa nella stanza.

Quando in serata arrivò Ciro trovò tutte le imposte serrate, nel buio pesto suonò un paio di volte il clacson ottenendo, come risposta, solo il muggito di alcune mucche nella stalla adiacente il casale.

Le stalle erano state costruite attaccate alle abitazioni per motivi di ordine pratico.

I corpi dei bovini davano contributo al riscaldamento delle pareti in comune con la parte abitata dagli umani, e poi l'adiacenza permetteva interventi più rapidi in caso di bisogno durante il maltempo invernale, specie per i parti, a volte difficoltosi, delle mucche.

Rimase una buona mezz'ora con motore e faro della moto accesi.

I Fassèr se ne stavano rintanati all'interno aspettando che il giovane poliziotto se ne andasse.

Alla fine si udì l'accelerazione della moto mentre si allontanava.

Tecla scoppiò in un pianto dirotto e prese a sbattere la testa contro il muro per rabbia e sentimento di impotenza.

Dopo un paio di minuti di sordi colpi venne trattenuta da Arturo e Gianni per essere poi delicatamente deposta sul letto, ove si abbandonò, esausta e dolorante con gemiti e singulti che le scuotevano il corpo.

La pressione, affinché rifiutasse l'offerta di matrimonio, si protrasse nei giorni e mesi successivi, Tecla ormai aveva terminato le lacrime da piangere.

Ciro pareva impazzito e sul lavoro aveva rischiato, per

nervosismo, più volte di sparare a qualche innocente.

Si era accanito anche con qualche arrestato per piccoli reati, malmenandolo, la sua mente era obnubilata dal furore, perché immotivatamente non poteva vedere la sua donna.

Era stato al podere dei Fassèr altre 2 volte, trovandoci solo Gianni o Brunilde che ormai aveva partorito.

Non riusciva più ad incontrare la sua adorata, dolce Tecla, o meglio gliene veniva impedita qualsiasi occasione per vederla.

E in qualche frangente gli era venuta la tentazione di puntare la pistola a quella testa marcia di Gianni, e sparare, per vedere che ne veniva fuori.

Il papà di Ciro, Donato, molto fine e colto si accorse della sofferenza del figliolo ed usò la sua influenza per spostarlo, affinché finissero quei dispiaceri.

Era stato messo al corrente dal figliolo della barriera posta dai genitori di Tecla, e capì immediatamente il problema.

> "Ciro il loro problema più grande è l'arretratezza culturale, essi pensano di essere superiori a quelli nati più a sud.
>
> Non riguarda solo loro ed è relativo e comune a tanta gente che praticano la discriminazione, ognuno pensa di essere "più a Nord" rispetto ad altri, o più intelligente o più dalla parte della ragione"
>
> "Sicuramente è vero quello che dici, ma tutta questa situazione mi dà una sofferenza indicibile".

Al podere Fassèr, dopo patimenti immotivati condannata dalla propria famiglia a fare scelte contro la propria coscienza, Tecla , per autodifesa, si rifugiava in un mondo suo e stava iniziando a sragionare.
Addirittura Gianni mosso a compassione per la sorella, pregò la madre di lasciarle scegliere la vita che le piaceva a fianco di Ciro.

"Ea con un marocchin? Piuttosto la copo"

Sara era stata convinta da Carla che la ragazza avesse il malocchio, o peggio ancora una "fattura", una volta tolti, la ragazza sarebbe tornata normale.
Carla preparò degli intrugli con acqua di canale, alghe verdi e altre schifezze, che galleggiavano e glieli propinò.
Tecla vomitò il poco cibo contenuto nello stomaco oltre all'acqua verdastra bevuta.
Tutto questo stava diventando veramente troppo, aveva sopportato i violenti litigi, le risse della madre con gli zii ed il vicinato, ora doveva ignorare l'unica persona che le aveva voluto bene veramente, fare finta che non fosse mai esistito il loro amore.
Ciro di ritorno da Napoli passò sula stradina bianca ove affacciava il podere Fassèr, il rumore del 2 tempi sorprese Sara, Gianni e Arturo nel cortile, la moto si intrufolò nella proprietà.
Arturo e Sara bestemmiarono non appena lo intravidero, Giannì sbiancò

"Cos'è sta storia perché non posso vedere Tecla? "

“Abbiamo saputo che vuoi sposarla ma non è possibile questo”

Rispose con la massima calma possibile Sara.

“E perché? Forse perché sono napoletano? O come dite voi marocchino? Ma chi cazzo credete di essere, ma vi rendete conto che siete dei poveri ignoranti e se non vi metteva in lista il federale del vostro paese per togliervi dai coglioni, stavate ancora in Veneto a fare i braccianti?
Ho visto i fascicoli dell’OVRA su di voi, le famiglie Fassèr e Mattiussi erano la gente più rognosa e scema del circondario”

“Ma come ti permetti? Io sono ex camicia nera e guardiacaccia, non ci puoi offendere, pensala come ti pare ma vattene via subito”

Ciro afferrò Arturo per il collo, e gli puntò l’arma di ordinanza alla tempia

“Vuoi vedere che vi ammazzo come cani? Posso sempre dire che ero venuto a chiedervi di Tecla invece mi avete assalito e preso a fucilate mancandomi… Ehhh? Che mi dici adesso ?”

Si udì una voce dalla finestra al piano superiore, era Tecla

“Mama dove sitto, go’ paura”

Pareva un fantasma, in vestaglia, dimagrita paurosamente, pesava forse meno di 40 chili, scarmigliata, con gran parte dei capelli unti, lunghi e neri davanti agli occhi.

"Tecla!!!! Finalmente"

"No son Tecla, mi son la sorea"

"Che dici? Non hai nessuna sorella!!! Ma che ti hanno fatto?"

Gianni si intromise, roteando l'indice all'altezza della tempia

"La poareta no la ghe xè più co la testa"

"Bastardi!!! Ma come l'avete ridotta??"

"Noialtri non gavemo fatto gnente"

Esclamò Sara.

"L'avete ridotta a una larva e lo chiamate "niente"? Mi fate schifo, ma è sempre troppo poco per definire il sentimento che ho per voi"

Ormai i Fassèr erano atterriti, si aspettavano che da un momento all'altro arrivasse un proiettile in testa ad uno di loro, Ciro giocava troppo nervosamente con la pistola.

"E' assurdo e inconcepibile che dei genitori

facciano diventare pazza una figlia, che genitori siete voi? Boriosi campanilisti del cazzo!!"

Scuoteva il capo con lacrime che sgorgavano copiose e gli annebbiavano la vista.
Ormai il ragazzo era in preda alla disperazione.

"Che faccio ora io, e di Tecla, che ne sarà?, che siate mille volte maledetti"

Ormai al culmine della tensione scaricò tutti i proiettili contenuti nella Beretta M51, li a terra, a pochi centimetri dai piedi dei Fassèr, ad essi sembrò fosse tornata la guerra, chiusero gli occhi stringendo i denti, per il timore di essere uccisi.
Li lasciò tremanti nel cortile.
Salì sulla moto e si allontanò da quella casa maledetta lasciando la famiglia Fassèr in balia del proprio destino.
Grazie all'insistenza del padre presso il ministero degli interni, un mese dopo venne trasferito a Firenze, ormai per lui Latina era un capitolo chiuso.

11410666R00089

Printed in Germany
by Amazon Distribution
GmbH, Leipzig